9號的工作

9번의 일

金惠珍

簡郁璇 譯

目次

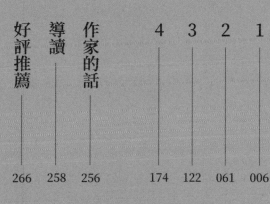

沒有任何職業，龐大到能裝下整個人。

——特克爾（Studs Terkel）《工作》

1

他在負責安裝與維修業務的通訊公司現場組做了二十六年。

曾經如幼貓般嬌小柔弱的公司，如今成長為這等大企業，他對此抱持著祕而不宣的自豪與夥伴意識。這些情感，長年嵌印在他身體的某處，無人知曉。

夏天走向尾聲之際，部長喚他過去。一個月前上任的新官比他年輕許多，卻比他更懂為人處事。他說了必要的話，展現出幾乎要令人產生好感的禮儀與體恤，但突然在某一刻，像是什麼事都沒發生般轉為冷靜的態度。

「您來得真早呢，喝杯茶吧，還是咖啡？」先過來等他的部長問完，逕自走向櫃臺。

午餐時間快結束了，人們三五成群，手拿著外帶紙杯走出店門。他用一雙眼睛追逐著窗外在馬路上來往的車輛，以及走來走去的人們。稱得上是秋高氣爽的燦爛陽光張開雙臂，灑在正午的街道上。

動動腦吧，動腦。他自言自語，但腦中一點想法都沒有，只能低頭看著杯裡的咖啡，平靜地聽部長說話。除了傾聽，什麼都不能做。

對於尚未發生的事，他從不曾事先預想和有準備的時間。今天要忙的事很多，全部做完後，一天就過完了。打從一開始，他的一天就是按照他的能力、努力和辛勞剪裁而成，要是能說些什麼，他也只能說這些而已。

他把一口咖啡含在口中許久，溫熱的氣息沉澱後，在齒頰間留下炭燒味，這時苦味才盈滿整個口腔。他忍不住想，咖啡真難喝。部長眺望窗外，說這裡也變了好多。興建起新的大樓，創投企業租下建物設立辦公室，從兩、三年前開始，就四處流傳這裡將被國家指定為創投特區的消息。

「是嗎？原來如此啊。」

他刻意用誇張的語氣回應，同時拚命尋找這一刻該說的話，卻不知該從何開始，又該如何簡明扼要的表達。漫長的時間在腦海中一再擴張，不斷飄揚、延展，讓人不知該指著哪裡讀下去。

「要是收下這次的退職金，在附近買間住辦合一的公寓也不錯，出租的收入算是不錯，我自己也很想辭掉工作，過包租公的生活呢。」

部長將雙手交叉於胸前，保持身體往後仰的姿勢露出微笑。儘管如此，仍無法掩飾他苦惱不自在的神色。他猜想，這是部長對自己最少該有的歉意。

「能過那種生活當然好囉。」

他對部長的話表示同意，露出淡淡的笑容，卻不確定自己應當露出什麼表情。咖啡約莫還剩下一口。

「算上這次，就是第三次培訓了，我也不知道怎麼向您開口。」

第一次被歸類為績效不良、需重新培訓者時，他心想，搞不好公司是用這種方式來警告全體員工。第二次被列入培訓名單後，他認為這種事每個人都會經歷個一、兩次，竭力告訴自己，只要是公司職員，這是任何人都必須忍受一次的過程。然後，他成了第三次培訓者。他無法判斷，這次該為這件事賦予何種意義。

「您應該知道，第三次培訓後會拿到最終考績，職務可能會根據考核分數有變動，工作地點也是。」

碰到這種時候，總公司就會派來和組員連一面之緣都沒有的部長。送走一起共事八年的部長，這已經是他和第二個部長面談了。不過，至少這次來的人算是斯文有禮，不會在公開場合讓對方難堪或擺臉色，或大肆宣揚別人的私事來中傷，也不會抓著對方的弱點，做出任何膚淺的言行舉止。這位部長動員了原則、法規、統計與指標、收益與銷量等名詞，以及腳踏實地、辛勞、犧牲與感謝等正面溫暖的詞彙試圖說服他。

必要的話，他甚至打算吐露個人私事。是關於幾個月前在郊區買了一棟多戶住宅[1]的事。那是幢能租給四戶人家的四層建物，有一半的錢是向銀行貸款的，以承租給四戶人家的條件買下那棟建物，但他到現在都還沒能細看那棟建物的登記權利證。

五年後、十年後……

他有個夢想，就是在高中生兒子俊武大學畢業後，將現在居住的大樓公寓脫手，搬到清幽的鄉下，靠那棟建物的租金悠閒度日。也就是說，在那之前，他必須勤快地償還貸款。就算沒有貸款，每個月要付的車貸、年金、保險費、水電費、俊武的學費、紅白包，甚至是年逾八旬的雙方父母的醫藥費，支出逐漸增加。換句話說，他可以靠著哭訴任何人都會經歷的經濟困頓來求情。

但他真正想說的不是這個，這不過是他無法辭掉工作的無數理由之一。部長卻早早劃清界線，似乎已經知道他想說什麼。

「只要有一個人硬撐，終究有另一個人要離開。雖然沒有明說，但大家都希望年長者能主動離開，這樣看來也最理想。您也知道，年資淺的人條件並不怎麼好。」

要說起同事們的處境，他比部長更清楚，若要他按照不幸和艱辛的順序排列，他也排得出來。他將目光移到放在桌面的文件上，部長沒有說話，他也找不到適當的說詞。沉默越拖越漫長，沉重地籠罩在兩人頭頂。

電話鈴聲正好在此時響起，部長迫不及待地起身，接著說了自己該說的話。

「這樣的條件算是不錯了，只要您決定好，在這個月內告訴我就行了，越快越好。」

部長恭敬地行了個禮，轉過身。直到確認部長已經走到咖啡廳外，他才聚精會

1. 多戶住宅外觀類似臺灣的透天厝，為五層以下建築，各戶生活空間與出入口獨立，樓梯通常配置在外面。

神地將三張文件的邊角對齊，工整地摺好，放進襯衫內側的口袋後，他這才似乎明白發生了什麼事。

#

「有什麼好怕的？」

他不自覺地喃喃自語，接著左右張望了一下。這習慣不知是什麼時候養成的，專心思考時尤其如此。

下班後回到家，脫下襪子時，在浴室刷牙時，撫摸長出鬍渣的下巴時，他經常以低沉的嗓音嘟噥。將上半身斜靠在漆黑的陽臺時，凌晨等待電熱水壺的水沸騰時，他才後知後覺地發現自己在自言自語。

「嗯？你說什麼？」

這時，太太海善就會如此反問，但情況多了，她似乎也見怪不怪，甚至偶爾會把他要問的話也當成自言自語，很多時候都默不作答。而他，最後也習以為常。兩人默默認為這是對彼此的一種體諒。認真聆聽彼此說的話，做出對方期待的反應，延續能稱為對話的行為，對他、對海善來說都太疲累了。早晨起床時心想，一天真是漫長得令人茫然，再次入睡之際又想，一天又這麼呼嘯而過了。一天，是無法被手抓住，只會輕輕劃過手心，留下一條斜線就飛逝的東西。

等公車時，他會短暫想起太太。在超市輪班工作的海善晚上十點才會回來，放學後要在補習班待到很晚的兒子俊武也一樣。

遠處的十字路口，車輛正列隊等待綠燈亮起，掛在空中的紅燈就像點燃的香菸頭。天色逐漸暗了下來，本以為淡紅的晚霞會緩緩鋪張開來，轉眼間夜幕卻已降下。遠處的總公司大樓燈火通明，太早離開公司的後悔鍥而不捨地緊跟在後。

他忍不住自責，不該像犯錯的人般狼狽地逃出來。他看著兩輛被擠得水洩不通的公車駛離，開始慢慢走著，他打算先走到地鐵站，到了那裡再來煩惱怎麼回家。

不過就這點小意思，再上一次不就得了？

他再次自言自語。這次比較大聲，在斑馬線前等綠燈的人紛紛轉頭看他。他沒有往地鐵站的方向走，而是過了馬路，走進印刷廠、招牌製作、燈飾店和五金行林立的巷子。那裡有他經常光顧的理髮店，身形乾瘦的理髮師像是料到他會來似的，事先打開小小的窗框門，見他進門，便打直身子起身迎接他。

「您今天好像比較早下班。」

理髮師從置物櫃中取出一條毛巾。啪地拉直、甩動毛巾的聲音在空中響起，潔白的光芒擄獲了他的目光。理髮師大概想不到，就是因為那潔白乾淨的毛巾，他才無法去別的地方光顧，只要時候到了，就像磁鐵被吸引般地來這裡報到。理髮師的手藝平凡無奇，也許找一間大馬路上常見的美容院，還能更迅速的剪出更滿意的髮型。

他將背倚靠在每次移動時就會發出嘰嘰聲的椅子上，閉上眼睛，因為不想和映照在鏡中的自己面對面。座椅散發出累積多時的塵蟎味和廉價爽膚水的味道，說話聲與摩托車的聲音，時而從敞開的門縫竄入。

「您在這裡開店多久了？」他閉著雙眼問道。

理髮差不多結束了，理髮師在鏡子旁的簡易洗手臺洗完手，關上敞開的門後返回，才不慌不忙地回答：「這個嘛，大概快四十年了吧。我想想，先生您第一次來這理髮，差不多是十年前吧？不對，是十五年了嗎？也不對，已經快二十年了呢。」

「二十年，已經這麼久啦？真的耶。」他喃喃自語，像是在咀嚼理髮師說的話。

「時間啊，轉眼就過了。」

「是啊，時間轉眼就過了。」

這一次他也像在模仿理髮師說話般，跟著說了一次。

他很顯然想說些什麼，卻不知該說什麼才好。只能如鸚鵡般重複部長的話，像是全新的大樓，辦公室進駐，這附近將被指定為創投特區。

「是的，聽說是這樣，這條巷子的承租戶也憂心忡忡，裡面那條巷子的店面都已經搬走，現在幾乎都空了。」

他睜開眼睛，瞅了一眼正在整理頭髮的理髮師，很好奇在他那冷靜的嗓音和彬彬有禮的態度背後會是什麼。是認為這條巷子發生的事與自己無關嗎？他不曾和理髮師聊過這種私事。鏡中的理髮師一如往常，表情認真的整理頭髮，用手順了幾下，看看還有哪個地方不滿意。

「您也一定很煩惱吧？」他說道。

理髮師轉頭乾咳了一下：「我在這裡拉拔三個孩子長大，該嫁的嫁、該娶的也娶了，還能這樣工作，也稱得上是一種福氣吧。這間房子老了，我也老了，還能再做多久？但想到這裡要是沒了，嗯，心裡也不太好受啊。」

他依照理髮師的建議多染了頭髮，結束後從座位上起身。看到乾淨俐落的一頭黑髮，心情也快活不少。

「請慢走。」理髮師開門送他出去。

他仔細端詳張貼在牆上的布條、通知書和警告文後，走出巷子。這些東西已經變得很破舊，磨損嚴重，顯然是很久之前就貼上去的，為什麼自己一次都沒看見？為什麼無論什麼事，都非得等到發生在自己身上時才會看見、聽見？只是，就算事先知道了，又會有什麼不同？就算明天來的時候，理髮廳已經被拆除，多了一家冰淇淋店或寵物咖啡廳，也絲毫不值得大驚小怪。這種事隨時隨地都在上演，不過是可能發生在任何人身上的尋常事。

「是啊，又沒什麼大不了的。」

他像是暗自下定決心般喃喃白語，摸了摸自己的頭髮。一股濃濃的爽膚水香氣飄出，他感覺整個人神清氣爽。漆黑的夜空裡出現閃爍的燈光。是飛機。他抬起頭，仰望在高聳入天的大樓頂端一閃一滅的航空障礙燈。轉眼間，飛機的身影已經小到再也看不見了。

#

那個禮拜的週末，他的岳父再次進了醫院。

他的岳父做了一輩子的木匠師傅，已經動過一次膝蓋手術，手術部位反覆發炎好幾次後，就算拄著拐杖也無法正常走路了。岳父、岳母在二十歲出頭就結婚，從幾乎身無分文到擁有今日的成就，讓他對兩位長輩心懷敬意。為了拉拔兩個女兒長大，想必是咬緊牙關拚了命，但他們身上絲毫不見頑強凶狠之氣。並肩走過艱辛歲月的兩人，似乎同樣習得了勤奮、謙遜、禮儀與感恩等人生態度。

他站在車站月臺上，看到坐著輪椅迎面而來的岳父，受到些許衝擊。才數月不見，岳父的身體以宛如失去內容物的包裝紙般皺成一團。

「等爸爸入院後我再上來，麻煩你了，姐夫。」

海善的妹妹智善像是交付沉重的包袱般，將自己的父母推給他，隨即轉身。他推著岳父的輪椅，岳母則踩著細碎的步伐，以保持一、兩步的距離跟在他後頭。為了閃避來往的人潮，輪椅在車站大廳滑來滑去，幾乎感覺不到任何重量。

「瘀青腫起來時就叫你去醫院了，這老頭子每次都要把事情鬧大。海善這麼忙，智善也為了工作而焦頭爛額，三不五時就使喚她們，不覺得對不起孩子們嗎？」岳母反不停責坐輪椅的岳父。

「沒關係，俊武的媽說馬上就會來醫院。吃過飯了嗎？」

岳父將拐杖斜斜的摟在懷中，靠在輪椅上不發一語，乍看以為睡著了。那一刻，他心想著不知道岳父有沒有能放在靈堂的照片。但他立刻像是要甩掉不吉利的想法般暗斥自己，走出車站，來到停車場。

他幾乎是將岳父整個人抬起來，放上汽車後座，再將輪椅折疊好，放進後車箱後，又替看起來很不舒服的岳父調整了好幾次姿勢，確認岳母也在一旁坐定位後，額頭和背都流下了汗水。發動車子前，他雙手握著方向盤重重吐了口氣，後來他才意識到，這看似微不足道的小動作，說不定會讓兩位老人家不自在。

好不容易才從堵得水洩不通的路段全身而退時，岳母開口：「為了我們，你辛苦了。人老了、病了又有什麼了不起，每次都把人呼喚來去。」

這時，他正好將全副心思放在更換車道上，沒有做任何回應。雖然想著該說什麼，但三不五時就有車插隊、閃大燈逼車，他只得繃緊神經。

岳母默默看著窗外，再次問起俊武。說起俊武，他知道的寥寥無幾，由於可能會讓人覺得他對兒子的瞭解也太少了吧，所以只簡略回了一下，接著話題再度中斷。

空氣中開始瀰漫一陣尷尬，從後照鏡可以察覺，兩位老人家的尷尬表情也越來越鮮明。

夫妻倆在俊武年幼時就是雙薪家庭，經常將俊武託付給娘家，直到孩子進小學，岳母（有時和岳父一起）三天兩頭就來他們家。俊武是夫妻倆好不容易才有的孩子，經常小病不斷，老是讓岳父、岳母提心吊膽。從岳父母家到自己家，要搭兩個多小時的巴士，他試著想像兩個老人家從自家走到公車站，在客運站等巴士，從大樓社區入口走到他們家的畫面。他心想，這段距離，奪走了兩人所剩餘的青春。換句話說，也許這一刻，正是他對過往歲月表達感激之情的最佳機會。也許他的一句話，能讓內心擔憂給子女添麻煩、心生畏縮的兩位老人家一些振奮。

「快到了，爸還好吧？」直到看到遠處的醫院大樓，他才終於問了這一句。

「沒事，你不用在意。」

後照鏡中，岳父如小鳥般蜷縮著身子，皺著一張臉。他轉動方向盤，直接駛入醫院停車場，車身輕微晃動了一下。他反射性的停車，注視正副駕駛座中間與兩旁的後照鏡，但並未察覺任何不尋常。他認為應該是自己的車子底盤很低，碰上了減速丘，沒什麼大不了的，所以打算繼續前進。

「還是下車看一下吧，世事難料，凡事都要做確實。」

要不是岳父這樣說，他就直接駛進停車場了。

「請等一下。」

他檢查了一下後座的岳父母，接著下車，車子後方有一個戴安全帽的人跌坐在地，倒下的摩托車旁是翻覆的塑膠外送箱，塑膠杯、塑膠碗盤、灑出來的飲料、醬料、生菜、番茄、麵包和肉餅散落一地。

「喂，沒事吧？發生什麼事了？」

他走向倒地的人問道。往來的人潮紛紛投來目光，還有好幾個人用手遮陽，皺著臉往這邊看。跌坐在地的人緩緩脫下安全帽，是個即使說是高中生也會有人相信的稚氣臉孔。少年與他四目相交，臉上掛著不知該拿這個混亂情況如何是好的表情。

「站得起來嗎？有沒有哪裡受傷？」

「啊，外送箱突然掉下來了，我自己是沒事。啊，不過，靠，這下完蛋了。」少年嘟囔著起身，把衣服上的泥土拍落，試圖扶起倒下的摩托車。他幫少年將摩托車扶正，然後撿起塑膠外送箱。

左後方保險桿留下了一道刮痕，雖然沒有嚴重到會引起注意，但黑色板金烤漆剝落後的白痕確實很明顯。他摸了摸刮痕，接著一聲不吭的取出皮夾，他無意追究孰是孰非、責任歸屬，更沒打算說什麼駕駛習慣、注意力、小心謹慎等長篇大論。

見到岳父、岳母把頭探出車窗外，作勢要下車，他趕緊說：「請繫好安全帶，我馬上過去。」並將兩張五萬元遞給少年，少年也二話不說就收下了。

「幸好你沒有受傷。不過為了以防萬一，一定要去一趟醫院，就算現在看起來好好的，還是很難說。」

他並沒有對少年說，停車場入口是單行道，禁止二輪車進入，也沒有告訴他在人行道和車道上穿梭很危險，他認為少年應該更清楚錯不在自己。少年收下錢後，蹲坐在花圃前，不知道在打電話給誰。這是他最後看到少年的模樣。他再次將岳父移到輪椅上，和岳母一起走向掛號處時，他已經將少年的事情拋到腦後了。

他在掛號處抽取號碼牌等待時，海善來了。他一言不發地看著太太提起岳父鬆垮的褲管，檢查幾乎皮包骨的膝蓋，和岳母互相寒暄問候的樣子。

「你沒關係嗎？忙的話就先走。」

聽到海善這麼說，他望著掛號窗口跳動緩慢的燈號，輕輕搖了搖頭。很奇怪，他的心情逐漸平靜了，就連自己都無法得知心情為什麼這麼快就沉澱下來。也許是疲憊，也或者是因為醫院這個空間給人的憂鬱或焦慮感。總算輪到他了，直到掛完號，從掛號處的負責人手中領過要向院務科繳納的掛號費和住院費明細時，他才知道原來自己一直在等待這一刻。

他到院務科，用信用卡結清所有費用，接著向海善及岳父、岳母簡單打了聲招呼，便走出醫院。

#

直到九月的最後一個星期一，他才表示自己要再接受一次培訓。

「您再多考慮幾天也無妨。」部長遞給他兩張文件，但他拒絕在公司提議退職的確認書上簽名，並簽了同意書，表示自己會認真參加培訓，不會對結果提出異議，之後就徹底閉上了嘴。

這段時間，他為了岳父的醫藥費與看護費和海善起了幾次爭執，海善敏感地察覺到他內心的不安。他提起小姨子智善，問說為什麼照顧年邁父母的責任要全部推給他們夫妻倆，並且認為岳父、岳母將這一切視為天經地義的言語與態度很有問題。

「爸生病了嘛，年紀大了，自然就會生病，你何必這樣？智善住的地方又沒有適合動手術的醫院，而且是你說要就到大醫院動手術比較好。」

海善用溫柔的語氣試圖安撫他。她與他四目相交，很努力想捕捉他的心情或感受，但當他提到具體金額後，她的表情僵住了，用不帶任何情感的口吻反問：

「你就不想想，我爸在我們買這間房子時出手幫忙的事嗎？當時爸是怎麼幫我們的，你全忘了嗎？現在也還無法決定要不要動手術，就算要動手術，手術費又會有多少？爸都痛到沒辦法好好睡覺了，你到底是怎麼了？」

十年前，岳父賣掉他們住的透天厝，搬到小公寓，只留下最低限度的生活費，替他們夫妻籌措了一大筆錢。當時岳父還在工作，而他再三推辭後，最終還是收下了錢。他曾下定決心，往後要對兩位老人家的生活負責，那份心現在也沒有改變。就像海善說的，醫藥費不是什麼天文數字，儘管如此，他也不懂為什麼自己這麼斤斤計較，表現得如此小家子氣。

詳細培訓時程會在星期五公告。

上頭指示，要求他從十月開始到其他地區的ＰＩＰ中心上班，光是上下班就要耗費三小時以上。他打算拜託部長把他調到比較近的中心。部長正好出外勤，直到下班時間過了很久，他才留下會直接下班的訊息，很顯然是藉此表達拒絕。

走到外頭時，剛過了晚上八點。

他沒有馬上回家，而是和同事一起吃飯。烤肉吃魚、喝冰涼的酒並不是什麼特別的事，但大家都不說話。要是開了口，也會像是說好似的，只說些不會對彼此造成任何風險，也不會引起誰注意的話。

對政治人物的憤怒、受大眾矚目的事件與意外、對年輕人的不信任與對過往時光的緬懷，對話緩慢地在這些話題之間來回，溫度不冷也不熱，始終停留在適當的水平。

隨著大家相繼離席，只剩下三、四人，接下來無論任何話題都無法發展成很長的對話。大家都一臉沒心情再說話的樣子，目光垂掛在酒杯上不發一語。那一刻，彼此在想些什麼，都被窺探得一清二楚。

該起身了，該走了。

心中雖這麼想，但他仍堅守著座位。

有人說起其他部門有好幾個人要離開的事，說這樣的離職條件還算是不錯。話題從很遙遠的地方大步走進了他們之間，但他仍默不吭聲的喝掉杯中的酒。醉意升了上來，模糊四散的情緒以滾燙尖銳之姿甦醒，與其說是對外界的憤怒，不如說是責怪自身的無能與愚蠢更為貼切。

他沉浸在端詳自身的狼狽裡好一會後，才發現同事們的你一言、我一語，全是衝著自己而來。

那是在有人「喀」一聲擱下酒杯起身的時候，一張混雜怨懟與憤怒的通紅臉孔俯瞰著他。是號錫。這時，正好服務生端來他們點的辣燉鮟鱇魚，滿滿的豆芽菜堆得像座小山，熱騰騰的微辣香氣直往上竄。

「您真的太過分了，難道您要說自己不知道今天有誰簽了名嗎？」這句話的發音被輾得四分五裂。

他舉起手，示意對方坐下。「坐下，坐著說吧。」

「您怎麼能這樣？明知鄭前輩是什麼處境。太過分了，沒想到您是這種人，居然這麼狠心。」

號錫是小組的老么，比他小十歲，出於血氣方剛，不懂得隱藏情緒，即便是微不足道的事，也會立刻抓出不合理的地方，百無禁忌地提出抗議，所以總是受到比其他員工更差的待遇與嚴厲懲戒。

「你是怎麼了？坐下，坐著說。」他再次揮手示意號錫坐下。

說話聲與電視聲像被關掉似的恰好戛然而止，餐廳內人們的目光與耳朵都逐漸往他們這桌集中。他也不是沒有話要講，說起號錫口中的鄭前輩，也就是允載的處境，他也不是不知情，但他也想替自己的情況作解釋。

「真的太過分了，這很嚴重耶。您不該考慮一下他人嗎？說實在的，能毫無牽掛地離開公司的人有幾個，又不像別人要替生病的孩子付醫藥費，家中也不只一人在賺錢，就連養兩、三個孩子的人都走光了。」

他倒想反問，你是認為無法辭職不幹的理由，就只有經濟困頓而已嗎？還是以為二十六年來維繫公司與自己的，只有一本薄薄的薪水存摺？

他省下了這番唇舌。

他以自己的沉默放任對方的怒火越燒越烈，反正號錫的憤怒不是衝著自己來。就像他一樣，號錫也只是因為無法承受的情緒突然溢出來罷了。比起忿忿不平、口不擇言的號錫，他對其他保持緘默的同事更感失望。

「要大家拚死拚活地撐下去，就是叫大家一起死啊，不是嗎？」

號錫的身體左搖右晃，撞倒了桌上的玻璃杯。湯匙、筷子、塑膠碗盤掉到地上，一陣乒乓作響。

「下次再說吧，你今天醉得太厲害了。」

說完，他站起來，輕輕拍了拍號錫的肩膀，結完帳後走出了餐廳。雖然後來發現自己忘了拿外套，但他並沒有回去。他沿著酒館林立的街道，以及計程車成排列隊的馬路走著。

錯愕的情緒平復後，對同事的失望也逐漸淡去。之所以留到最後，是出於對自身的疑懼與慚愧。在職場打滾這麼多年，他不曾從誰口中聽到這麼露骨的指責。過了一兩天，失望與不適感就會自動消散。他與信賴的同事一起工作，同事也很信任他。信任，是日積月累，對彼此的聲音表情變得熟悉，適應了好的與壞的習慣，經歷無數個無聊乏味、艱辛的過程後才建立起來的。他很詫異，這麼辛苦建立的東西，卻在一夕之間就化為烏有。

儘管如此，在回家的路上，他仍無法下定任何決心或承諾。

#

從家裡到ＰＩＰ中心需要兩個小時。

他將起床時間提前兩小時，鬧鐘設在凌晨五點，但會在十分或十五分鐘前就睜開眼睛。他一邊眨著雙眼，一邊查看房間內部，直到完全適應黑暗，才起身趕緊準備上班。

「怎麼這麼早出門？現在才幾點？」

起初海善還會拚命驅趕睡意送他出門，但過了三天就再也不問任何問題了，只有關上房門出來時，才會看到妻子皺著眉頭入睡的模樣。

他在停車場入口處抽了根菸，接著走向車子停放處。只開中古車的他，三年前下了好大的決心才入手那輛車，當時他認為自己具有開這種車的資格與能力，而此時的他領悟到這種想法有多容易幻滅。黎明時分，他在天色未明之中將歪斜的雨刷立起，拿掉黏在車窗上的樹葉與傳單，發動車子。淡藍色清晨的靜寂籠罩整條馬路，接著推倒、打散這一切，緩速闖了進來。偶爾，他會產生不是清晨逐步靠近，而是自己朝著清晨的方向奔去的錯覺。

幾天後，他才知道號錫辭職了。

那是在公司食堂吃午餐時，儘管是當天的第一餐，也強烈感到飢餓，但他每次都吃不完餐盤的食物。食物不是太鹹太辣，就是調味料的味道很重。就算沒有以上問題，在培訓中心這段期間他也一直覺得消化不良，很難咀嚼或吞嚥什麼。

「他大概很滿意離職條件吧。」見他沒說話，一位同事像在安慰他似的嘟噥。

參加培訓的人超過一百名，同部門組員也被拆得很散，連誰屬於第幾組都無法得知。只有培訓第一天，在禮堂開朝會時和號錫打過一次照面。號錫迴避他的眼神，只簡單點了個頭就走過他身旁。

「號錫啊，才四十二歲，什麼都肯做的。」同事又補了一句。

愧疚的心情逐漸淡去後，想到七名組員中有兩名自願離開，又不免萌生「暫時能平靜一陣子了」的安心感，但剩下的人分成五人一組、六人一組後，要不了多久，又會開始進行以三、四人組成的計畫。

「下週就是中秋了呢，培訓這週也會結束了。」

他心不在焉地聽對方說話，又到建物後頭抽了根菸，在生鏽腳踏車附近閒晃的幾隻貓咪受到驚嚇、拔腿就跑。他不斷按手機尋找電話簿，每次看到調到其他部門或之前離職同事的名字，就會再次為自己幾乎遺忘了他們感到詫異。過了好一會兒，他才撥了通電話給號錫，但並沒有接通。他留下了簡短的訊息，說自己很晚才聽到消息，要號錫好好保重身體。

他沒有收到回覆。

是啊，畢竟他還年輕，什麼都肯做，什麼都辦得到吧。

他自言自語，同時安慰自己，這不是他能作主，也不是他該放在心上的事，況且也不是第一次發生了。但他不懂，為什麼每次發生這種事，他都會升起相似的後悔，並怪罪自己。

「您遲到了八分鐘，請務必佩戴名牌。」回到位於地下的禮堂，在門前不斷踱步的監督人員喊住他。

他將口袋的名牌掛在脖子上，管理人員確認他的姓名、部門與職稱後，將出入紀錄簿遞給他。填寫完準確的時間，才走進禮堂。

《不景氣的經濟學》、《走向自由與幸福之路》、《成功的對話法》、《全球化時代的網絡》，要讀的書還剩下四本。

書是翻了，內容卻從腦海中被乾乾淨淨地抹去。他回到第一頁。重新開始閱讀，好不容易才對架構有點概念，就又覺得錯過了重要部分，把書頁前後翻來翻去，接著發現自己不知不覺又回到前半部。

他與紙張上彷彿在指責自己般的長篇大論展開角力。但只要低下頭，就會有陰影映在書頁上，很難閱讀或寫些什麼。他將雙眼瞇成一條細線，握緊手中的原子筆，一筆一劃地寫報告。說得好聽是報告，其實和國高中生寫的讀後感沒什麼兩樣。他心想，雖然按部長所說，這已經是他第三次接受培訓了，但到現在還是難以適應。他覺得自己很沒出息，因為生性愚鈍，不懂得臨機應變，也不知道該怎麼寫、寫什麼才能通過、才能拿高分，到現在仍無法掌握任何要領，實在太可憐了。也許，培訓的核心就在於必須從頭到尾正視自己的狼狽。就這層意義來看，他算是很認真地接受培訓。

交報告時，管理人員一副早就料到似的，告訴他字數不夠。

「字寫太大了，字數也只有一半。」

他像個沒有好好寫作業的學生般愣愣站著，拿著沒有收到任何評價的報告回座位。儘管再次打開了折疊桌面，重讀自己的報告好幾次，卻不知道應該再寫什麼、還能再寫什麼。被允許準時下班的人只有三、四個，剩下的人都和他一樣露出不知所措的表情，不是將書本翻來翻去，就是帶著微駝的背影，低頭看著自己的報告。

接受培訓的三週時間，他都過了半夜十二點才回到家，還必須寫報告到凌晨，幾乎熬夜一整晚，但報告大多都沒通過。管理人員用機械式的口吻提出忠告，不能只是寫書本大綱，必須針對自己目前的情況進行反省，提出對未來的展望。

他幾乎是以墊底的分數結束培訓。在這段時間，七人小組減為五人，公司也預告，即將有大規模的人事變動。

「大家不要再想十年前、二十年前了，各位都應該清楚，無論電話或網路，只要挖地就能安裝的榮景早就結束了，而且做這種事也不是我們公司的專利。總之，條件會越來越差，情況很艱難，希望各位能做出明智決定。」這是年假前的年終儀式上，部長板著一張臉向組員發表的簡短談話。

這番話聽起來猶如警告或威脅，就像在針對自己，但想到又意外爭取到一點時間，不由得鬆了口氣。

#

年終儀式結束後，他和同事一起享用遲來的午餐。公司後頭有一家經常光顧的超市，老闆特地替他們併起兩張纏繞著大型纜線的巨型木輪，充當桌子。假如在公司，這樣的木輪會被當成廢棄物處理。如今木輪表面沾滿手垢，變得平滑有光澤。一名同事拿來了兩瓶燒酒、泡麵，以及微波加熱的兩大塊豆腐。

憤恨不平的情緒以扭曲之姿冒了出來。他像是在與同事競爭似的，講了一大段培訓時讀的書籍清單，用滑稽可笑的口吻模仿管理人員和負責人的語氣。他和同事打賭那些乳臭未乾的年輕小夥子是契約職還是派遣工，接著豪邁地掏出幾張鈔票，買來更多的酒。沒有半個人提起辭職者的近況，關切他們過得好不好。

他提著裝了廉價洗髮精和牙膏的禮盒[2]回家。下地鐵樓梯時，通過閘口時，抬頭看著路線圖時，都在心想自己是不是說太多了，忍不住地一再回想。

那句話是誰說的？

他努力在記憶中搜尋說話的人，試圖想起自己回了什麼。雖然覺得沒必要在意，但越是如此，就越偏執地抓著某些畫面不放。腳下的皮鞋散發出惡臭，全是因為他不假思索地去踩街上掉落的銀杏果實。皮鞋傷痕累累、鬆鬆垮垮，一看就是破爛不堪。他蹲坐在玄關前，拿起皮鞋左看右看，思考能不能穿這雙鞋回故鄉。同時又想起了和同事的對話。

第二天，他穿著那雙皮鞋回到老家。

2. 韓國會在過年與中秋時贈與員工禮盒，通常是生活用品或食品。

搭車回老家要三小時，每次上下車，都會習慣性低頭楞楞地看著皮鞋。他忍不住想，是否買雙新鞋比較好，又不禁覺得連這種小事都在意，是不是太神經兮兮了？

大哥夫妻和姪子尚昊已經抵達母親獨居的老家。他的車剛開入前院，就有兩隻在倉庫附近探頭探腦的狗飛奔過來。他從副駕駛座取出用布包起來的禮盒，溫柔地摸了摸兩隻狗。

「你來啦？」在院子一角清洗醬缸的大嫂過來迎接。

上個月開始整修的老家變得煥然一新，簡直要認不出來了，從遠處看，雖然屋頂瓦片與椽木還留著，但修補泥牆、安裝雙層窗、重新上漆後，整體看起來變寬敞了。貼上磁磚、拉高圍檻的地面水槽，用磚頭圍出界線的菜園，以及被修整成平坦方正的院子，都顯得簡潔俐落。

「就像新房子一樣。」

「是吧？流理臺和洗手間目前還是老樣子，小房間和倉庫也一團亂，之前買來的礫石也放著還沒動。」

「礫石這點小事，找一天鋪上就好。」

他在原地踩了幾下，脫下鞋子後走進屋內。室內還凝聚著一股家具、壁紙的氣味，以及還沒乾透的膠水味。

「回來啦？怎麼一個人回來，俊武和俊武媽媽呢？」

他的母親咳嗽著走出來。幾個月不見，母親的身形又小了一個巴掌左右，花白的頭皮在稀疏的白髮間一覽無遺。

「我老婆忙著照顧岳父，俊武也為了課業暈頭轉向。反正也沒必要每次都全家人大陣仗的跑來跑去，我一個人來就行了。」

他等母親咳完了才回答。自從幾年前醫生診斷為支氣管炎，他母親就經常小咳不斷。雖然吃藥後會好轉幾天，但藥效也只是一時的。

「話是這樣講，但一起回來不是很好嗎？一年也就見兩次面，連這樣也做不到。」

海善無法忍受待在這個泥牆建的房子裡，最重要的是，如果要去洗手，就必須走到外面穿越院子。不過妻子沒回來不是因為這件事。海善沒辦法放棄幾乎是平日兩倍的假日薪資，也必須輪流照顧正在住院的岳父。身體虛弱的岳父，膝蓋手術已經延後兩次了。

母親、大哥夫妻和姪子尚昊，五人圍坐在狹小的廳堂就已經滿了。一打開能看見院子的大窗戶，清新的涼風隨即吹了進來。

他正想補充什麼時，大哥說話了，「要忙工作，又要照顧生病的父親，弟妹一定忙壞了，不過畢竟是過節，大家一起見個面不是很好嗎？下次至少要帶俊武回來，總要看看家裡怎麼準備祭祀，全家人團聚時，能學到很多事。」

這番話聽起來就像是在責怪他逼自己的妻子連過節都要去工作。他乾咳幾聲，將目光移向他處，家裡處處還留有尚未修理的痕跡。春天時，是他率先提議要修繕母親住的房子，說服了大哥大妻後才開始進行。工程費用有一半以上是由他支付，以各種理由逐漸增加的經費也由他負擔。

自從母親好幾次默不吭聲地用掉自己寄來的工程費後，工程進度就停滯不前，不難猜想到這筆錢是落入了大哥的口袋。雖然大哥幹了一輩子農活，卻在這方面沒什麼天分。收成好就讓它好，收成不好就讓它不好，每次的收購價都達不到期望，連梅雨季或颱風等天氣運都背得很。他不是不曉得母親時時掛念著大哥生計拮据的問題。

「現在天氣也冷了，工程得趕快完成才行，還有流理臺地板和洗手間的水管。」

他說到這裡時，母親開口了。

「不用再修理或做什麼了。我還能再活多久，一個人住這樣的房子就夠了，別再花心思，要是有那些閒錢就直接給我吧，何必白白浪費，還拆除了好好的一間房子。」

母親似乎知道他在想什麼，說得直截了當，所以他也找不到其他說詞。

過了很久，對話轉到結婚在即的姪子尚昊身上。尚昊在十年前好不容易才從專科學校畢業，到現在還沒找到一份像樣的工作，一直是做苦力活。儘管如此，每逢佳節他總會和父母一起回老家。有一年他買了土蜂蜜，送了一瓶給俊武，也曾給過俊武金額較大的零用錢。

當他問起結婚的事時，姪子就會一邊說：「沒有啦，沒關係，請別擔心。」一邊露出害羞的笑容。他默默看著姪子，那善良的眼神與低沉的嗓音因某種興奮與恐懼而晃動。這一刻，被血緣包圍的穩定感以及從中衍生的暖意、無條件的善意與愛，都甦醒了過來。

「是啊，就算剛開始稍微辛苦點，但只要兩人一起打拚，情況很快就會改善。」他如此激勵姪子。

「當然啦，哪有一開始就盡如人意的。老么你辦婚禮之後，不是在一個小房間住了超過五年嗎？當時還想著，什麼時候才能擺脫那個狗窩般的地方，但看看你現在，算是過得很不錯了。」他的母親望著院子嘟噥道。

對話往前回溯到二十年、三十年前，那是一無所有又充滿不安的時期。未來太遙遠，就連一年、兩年後的事都說不準。儘管如此，每天確認生活逐漸好轉，仍帶來了成就感與喜悅，他曾有信心，一定會越來越好。

換句話說，也許一直以來，他都無所畏懼地沉醉在持續前行的時間中，始終相信無論如何一切都會好轉，也會越來越好。

吃完晚餐，他和姪子一起整理倉庫裡的行李，再到菜園去修補冬季要用的溫室——確認溫室骨架的接縫，檢查覆蓋的雙層塑膠不會破裂。天色一暗，吹來的風清冷得難以置信。

直到過了午夜，他才在母親多年前使用的房間鋪上棉被躺下。房內堆滿不知道裡面裝了什麼的箱子和雜物，如今只剩下勉強讓一人躺下的空間。他聞著長年塵埃的氣味，想起第一次和海善躺在這個房間的那天。

「你說，你母親是不是對我不怎麼滿意？」妻子問。

他將鼻子靠在妻子的後頸上呢喃。「哪有什麼滿不滿意？」

他算是體格瘦小、體力也差的類型，無法像大哥一樣適應農活，但他成了退休有保障的國營企業技術人員，每次回鄉，街坊鄰居的長輩就會跑來，拜託他讓自家子女進入那家公司。海善肯定看出了他暗藏心中的自豪，她是個直覺很強的聰敏女人。

不過，她肯定無法預料到目前的情況。腦中突然浮現號錫一臉憤怒、俯視他的臉。他很想知道，為什麼這樣的埋怨與指責偏偏衝著他來。是因為自己是在場的人之中最差勁的嗎？那他倒想問問，為什麼號錫會有這種想法。無論任何事，只要大方承認就會好過一些。他蓋上發潮的沉重棉被翻來覆去，遲遲無法入睡。

#

第二天上午結束祭祀後，他馬上就回家了。

雖然還剩下三天休假，但有一天要到醫院向住院的岳父問安，剩下一天要去見多戶住宅的房客，確認住家的漏水情況。

直到休假最後一天晚上，他才和海善、俊武一家三口坐在餐桌前。他簡短地傳達了老家煥然一新的樣貌，以及即將結婚的尚昊近況。

「俊武啊，你一定要去參加尚昊哥哥的婚禮，要去祝賀人家一聲。」

在他說話的時候，這段時間彷彿又多了一掌高度的俊武，將頭轉向傳出電視聲的客廳，很敷衍地點了點頭，當他鼓起勇氣問起學校生活時也一樣。他對入學考試的題目或交友關係一無所知，腦中只浮現了幾個問題，最後又硬生生地將它們吞了回去。

「兒子，可以回答得有誠意一點嗎？」

直到海善柔聲勸告，俊武才一邊咀嚼口中的食物，一邊說「都可以」。他只得快速清空自己的飯碗後起身。確認俊武走進自己房間，海善才提起岳父的手術日期訂在下週，並說起多戶住宅二〇一號新婚夫妻的事。

「樓上也上去看過了吧？」海善問。

「當然看過了，妳不也去看了嗎？構造相同，所以那裡也是客廳啊。」他回答。

「嚴重嗎？客廳會漏水，真不曉得是怎麼回事。」

「陽臺窗戶上面有一點斑駁，我要他們等等看，要是不行，就只能把三〇一號的客廳拆開確認了。」

「誰說的？業者嗎？怎麼可以拆掉客廳，那施工費用誰負擔？也有可能不是那裡的問題啊。」

從這裡開始就無解了。雖然做了兩次抓漏，還是找不出漏水處，他好說歹說，好不容易才說服二〇一號的房客再等等看。

他發現海善放下筷子，握了握自己的拳頭。直到湯匙鏗啷落在地面，他才和海善眼神相接。

「先前手偶爾會發麻，今天特別嚴重呢，沒辦法再拿湯匙了。」

海善輪流按摩自己的雙手，皺著眉頭回答。她嘴上仍說可能是太累了，應該很快就會痊癒。但狀況沒有好轉，隔天清晨他起床時，海善坐在靛藍色的黑暗中，帶著不知所措的愁容，將一雙手交疊在一起，手像是戴了棒球手套般腫了起來。

他聯絡公司說自己會晚到，隨即去了急診室。即便是平日早上，急診室仍人滿為患，幾乎等了一小時才進入診間。

「您從事什麼工作？」醫生問道，語氣很機械化。聽到海善沒有具體回覆，於是稍微抬高了音量。「您是從事需要經常用手的工作嗎？」

「沒有，不是那種工作，只是最近事情有點多。」

「主要是在外面工作嗎？」

妻子搖搖頭。

「像最近這種天氣啊，如果在外頭工作，血管就會收縮，有可能痛得更厲害，太乾燥或潮濕的地方也不好。症狀是從什麼時候開始的？」

「也沒有很久，最近會像抽筋一樣短暫發麻，但昨晚開始比較嚴重。」

「我看一下，如果會痛就告訴我一聲。這裡呢？還好嗎？這裡會痛，這裡很嚴重呢，對吧？」

醫生四處按壓海善的手掌和手腕，觀察她的反應，之後便轉頭看他，露出要他說點什麼有助於診斷的話。但見兩人都沒什麼反應，醫生便說要先進行幾項檢查就讓他們出去了。坐在等待室等待拍X光和肌電圖檢查時，他不時偷瞄將發腫的雙手交疊、抬頭看電視的妻子。

海善在超市食品區工作，但他從來沒問過，那個地方具體做的是什麼。

「有時要見機行事，做個大概就好，我是說工作。」

他只有這麼說，同時心想，究竟是做了多少事，手才會那樣腫得像氣球一樣大。海善一臉淡然的說，一起工作的姊姊荷娜在倉庫滑倒，髖關節傷得很嚴重。因為脖子腫得很厲害，荷娜去了醫院，被診斷出患了扁桃腺癌初期。妻子把同事不幸的故事講得極為冗長，讓他忍不住心想「是喔，這樣還算萬幸了」。

醫生診斷海善得了腕隧道症候群，是通過手腕的血管與神經出問題。

見他端詳X光的表情凝重，醫生說道：「別擔心，這樣的症狀很常見。」但醫生表示必須接受外科治療，並補充解釋是一兩天就能恢復的小手術。醫生將桌曆轉向他們，好讓妻子和他能看清楚，要他們決定手術日期。

「哎喲，時間這麼晚了，我都沒發現，看我這記性。」妻子抬頭看著時鐘，說了莫名其妙的話，向他使了個眼色，一臉焦慮的竊聲說：「今天不是爸出院的日子嗎？你不在，智善也說不能來，所以我換了班。上次我也因為忘記而遲到，這下糟了。」

回答的人是醫生。「那之後再另外打電話過來約時間。我會開三天的止痛藥和一個護腕，再請您去領取。」

他跟著急急忙忙的海善走出診間。「趁現在打通電話吧，手都這樣了，還上什麼班？」

「又不是要死了，動手術有什麼好急的，以後再做就好了。我遲到了，先走了，回家再說。」

他站在掛號處等領藥時，海善已經先走出了醫院。他經過人滿為患的電梯，走緊急出口的階梯下樓。下樓時，手機響起，但在他接起電話前就斷掉了。是部長。雖然隨即回撥了一通電話，但並沒有接通，試了好幾次還是一樣。在藥局領取護腕和三天份止痛藥時，外頭正滴滴答答下著雨。

接近中午時，他抵達了公司。

本館一樓大廳掛著大型標語，告知人事調整期結束。他側眼瞥見協助、犧牲、感謝和未來等字眼，回到本館後方，現場組使用的三層樓建築。

辦公室內空無一人。

迎接他的只有被拔掉插頭、推到一旁的大型多功能事務機、電腦和裝箱的辦公用品。他緩緩在辦公室內繞了一圈，保管作業工具的置物櫃和抽屜全是空的，原本堆滿資料的文件櫃也一樣。他走向窗邊，往下俯瞰停放的施工車輛，小型挖土機、運輸電梯、雲梯車和大小相異的卡車，一輛也沒少，全守在自己的位置上。

他在走廊上徘徊，張望其他辦公室，情況也不相上下。還有好幾個辦公室的家具和用品全都搬出來了。他來到一樓，這段時間內已經改換另一位年輕的警衛值勤。

「辦公室是空的耶。」

他說完，身穿制服、從頭到尾只低頭看手機的警衛問：「您是哪個單位的？」

他表示自己隸屬現場組，對方回答他該建築即將改成顧客中心，一樓會有客服室、諮詢窗口，二樓和三樓將有圖書館和咖啡廳進駐。警衛繼續說，預計會花一個月左右進行改裝工程，停車場也會移走。他結結巴巴地回，不知道要上哪去找原本放在辦公室的個人物品。作業服、作業鞋、毛巾、牙刷、備用衣服與雜物，他不禁想，好像也沒有哪一件非找回來不可。

「今天是ＰＩＰ教育評鑑日，您沒聽說要到本館禮堂上班嗎？」警衛問。

他回答，「我知道。」

他也知道，培訓季結束後，會有一個形式上的評鑑，公司會用隱晦的方式鍥而不捨地慫恿集合的人離職。他來到外面，點了根菸叼在嘴上。雨一直下個不停，他只能將背貼在建物的邊緣站著。

「這裡是禁菸區，您不能在這裡抽菸，員工也不例外。」

警衛隨即跟著出來。繞過轉角處，再走幾步就是吸菸區了，他正打算走過去，警衛又說了一句。

「那邊也一樣，現在不能在這裡抽菸了。」

他連忙深深吸了一口菸，捻熄了火。

搞什麼，居然聘用這種不懂世事的毛頭小子。

很久以前，這裡就是他和同事經常分根菸抽的地方。雖然好幾年前就設置了禁菸區的木牌，但沒人數落過他們，因為知道他和同事擁有享受這點休閒的資格。他心想，無論是什麼，如今都得不到任何人的半點諒解了，願意那樣想的人，如今幾乎一個不剩。

#

直到下午超過兩點，他才和部長面對面坐下。

部長打開咖啡廳大門走進來，頭髮被雨水打濕。他點了兩杯咖啡過來，咖啡苦澀得要命，雨勢逐漸變大，外頭的車輛推著潮濕道路前進，噪音滲進了咖啡廳。

「事情來得太快太急，一直沒接到您的電話。您等很久了吧？」部長從信封中取出幾張文件，同時表示其他組員都已經安排了新業務，被分派到其他部門了。

「其他業務？」

他很難想像十幾二十年來只做安裝、設置與維修業務的同事，還能做什麼其他新工作？

部長並未具體回答，只用公事公辦的口吻問：「您說上午有急事，順利辦完了嗎？」

一說出妻子生病去了醫院，他馬上就後悔了，認為自己講了太多不必要的私事。

「雖然明白您的苦衷，但您也知道，請假一天或半天必須在前一天得到批准。現在公司烏煙瘴氣，這些都會反映在考績上，往後麻煩您遵守，這次我會處理。」

部長取出三張文件，為了方便他看清楚，將文件的方向轉向他。有一張是記錄培訓天數、出缺席狀況、遲到狀況的日誌，一張是以圖表整理上課態度與最終考績，最後一張則是以數字、數值和曲線圖整理他過去三個月的商品銷售業績。

十五點七分進入，遲到七分鐘，十八點十二分進入，遲到十二分鐘；遲交報告兩次，報告分量不足三次，未帶報告三次；揉眼角、單手托腮、閉眼睛打哈欠、抓脖子、喝水、確認手機、搓揉腳。他全神貫注地看著關於自己那詳盡過了頭的紀錄，讀著讀著，忍不住覺得這太超過了，甚至打起寒顫。

「正如您所見，分數並不好看，您也知道吧？」

部長指著第三張文件。那是記錄他過去三個月的商品銷售業績的報告。上頭只將可販售的物品、價格、功能和優點等整理得一目了然，卻毫無像樣的銷售業績。

「您也幾乎沒有業績。」

他靜靜地聽部長說話。這也不是第一次了，幾年前被蓋上「低績效者」的印記後，每次碰到培訓考核，就會反覆聽到這類警告。

「真不曉得該怎麼跟您說，分數幾乎都是墊底。」翻閱文件的部長用食指撫弄著桌角，「您應該知道自己在管理名單內，也應該知道這是最後一次培訓了。單就考績來看，也看不到改善，我也別無他法。」

他並沒有質問，銷售業績與過去二十六年來埋設電信柱、牽電話線、連結網路線的現場業務有什麼關聯？也沒有追問，看書寫讀後感、觀賞教育影片後交心得報告、背下艱澀的經濟用語、熟悉負責的數值與計算方法，這些是想教當了數十年水電師傅的他什麼？他已經看過太多追究是非對錯，最後被趕出公司的人。

「是的，我知道。」他僅如此回答。

「希望您也能諒解我說這些話的立場，假如您需要時間，我也可以寬限幾天。

但您也明白，這條件不算太差。年輕人嚷嚷著求職困難，上了年紀的人又要求退休要有保障，公司怎麼可能滿足所有人呢？您也知道，幾年前外國廠商進駐，原有的顧客都被搶走了，我不是要替公司辯解，而是將客觀情況告訴您。」

他正打算說些什麼，部長卻露出苦悶的表情，接著喃喃自語，自己也不過是一名員工，真不曉得為什麼要負責這種業務。部長說自己是兩個孩子的爸，老么今年上小學，迴避了他的眼神。但說起要是無法好好管理低績效員工，自己也會受懲戒時，部長終於抬起頭直視他。

他輕輕點了點頭。

但這並不代表他同意了，他對部長把個人處境當成武器、動搖對方的行為感到不快。用這種方式徹底堵住對方的嘴，使對方動彈不得的企圖很可惡。

他好不容易才克制住接受部長提案、走出咖啡廳的衝動，因為他無法確定，此刻自己的情緒是否只有憤怒。無論什麼時刻，都不會只存在一種情緒。他無法理解，為什麼每次熊熊怒火擴散變淡後，就會轉為憐憫與理解。

「我知道了。」他僅如此回答，接著就像毫不相干的人般垂下眼神，呆呆盯著桌上的三張文件好半晌，最後抬起頭，冷靜地反問：「拒絕的話，我會被分派什麼業務？」

2

他被分發到其他地區的商品銷售部。

離開大樓林立的區域，在兩線道國道上就奔馳了四十分鐘。經過國道兩旁成排的大型家具直營店後，一路上均是荒涼乏味的田野風景，寥寥幾間溫室即是全部。

在那盡頭有一座橋。

那裡的擴張工程已經進行好幾年。由於雙向車輛就只有一線道可以使用，塞車非常嚴重。剛開始幾天，他竭力讓自己不要被不由分說就切進來的車，以及駕駛人希望能快點前進的謾罵影響，又過了幾天，他也開始像其他人一樣無禮插車，甚至鳴笛以宣示自己無讓步之意。

他新任職的地方是巴士站附近的銷售中心。

「這裡就是那裡，據點中心，您不是新來據點中心的人嗎？」

第一天認出他的，是在經銷商門市前、身體斜靠著摩托車的男人。要不是下巴還留有黑色鬍渣的痕跡，搞不好會誤以為是身材魁梧的外國女人，因為男人將一頭黃色長髮綁成馬尾。

見他四處張望，男人又說了一句。「這裡就是那個，據點中心。說得很好聽啦，據點中心根本就冷死人了。上次新來的在那邊某個地方寫了據點中心，不知道還在不在，您去看看吧。」

男人指的地方是連招牌都沒有的辦公室。可以看見位於鐵門另一頭的內部，辦公室就只有一人用書桌、椅子、小型冰箱、迷你電暖器、文件堆、印表機、電腦和一部電話機，狹窄而昏暗。

「因為是第一天，您大概很心急吧，不過您太早來了，完全沒必要這樣。這裡的組長每天都遲到，有時還遲到一、兩個小時才慢吞吞地出現。為什麼？因為折磨我們才是那傢伙的工作。不過，我們是遲到一分鐘都不行喔，他會立刻向上頭報告。」

男人嘻皮笑臉地問他要不要來杯咖啡。冰涼的清晨空氣噴吐出隱隱約約的霧氣。他並沒有說好，男人逕自到附近超商買了兩罐咖啡回來。咖啡很燙也很甜。

又來了三、四個人。

眾人在大門還關著的經銷商門市前互通姓名，他聽完男人的姓名後，馬上就忘得一乾二淨。重新問對方姓名時，男人說了「大明」這個地名，表示那個是自己負責的區域。

「您沒去過大明港吧？那裡很棒，有很多生魚片餐廳，水也很乾淨，來杯燒酒再好不過了。實在很討厭推銷商品，而且那裡全都是觀光客，中國人啦，日本人啦，最近連東南亞的也都一窩蜂跑來。講話也不通，還推銷個屁！您喜歡喝酒嗎？」

其他人紛紛笑嘻嘻地報上自己負責的區域。上馬、石亭、馬松、葛山，他將生疏的地名與人臉連結在一起，牢牢記住，避免忘掉。

中心組長遲到了四十分鐘才來。

「我是林永錫。上班後到這裡打卡，然後去負責區域就行了。下班時就來這裡寫完帳本、報告就能離開。您應該聽說自己被分派的區域了吧？從這裡到這裡，是黔丹區。」

組長穿著軍用外套來上班，指著牆上的地圖，告知大概的區域、範圍和界線，接著替他拿來幾張寫了銷售量的文件、廣告單和一疊商品說明書。

「您聽說關於底薪的事了吧？第一個月會保障底薪，之後就依據銷售業績變動。詳細的可以去問總公司，商品名稱和內容讀這裡的手冊就行了。這是契約書和同意書，請讀完後簽名。」

他呆呆地聽組長一連串機關槍似的話，按照指示在幾張文件上簽名。

簽完名後，組長抬頭看著時鐘：「已經這麼晚啦，現在就請去賣點什麼吧。」

「是要賣什麼？」他問。

組長笑著說：「您是來賣東西的，就該盡自己的職責囉，只要把賣東西這件事做好就行了。其實推銷商品看似刁鑽，但做久了就又不是這麼回事，不僅能掌握要領，也能培養交際手腕。向外頭的人請教一下吧。」

他抱著一堆文件，等於是整個人被推到外頭。大家都聚集在經銷商門市前，所以他也站在大家旁邊。那天天氣很晴朗。他佤頭看著自己幽黑的影子，試著回想組長的話，卻什麼都想不起來，也完全不知道該做什麼，又該怎麼做。他夾在毫無擔憂神情的人群中，翻了翻文件。面對這種情況，大家似乎都被訓練得很好，看起來毫無所懼。

「喂，別再弄了，出來吧，就叫妳出來了。」

過了很久，叫大明的男人往經銷商門市裡探頭，催促還沒出來的女人。門打開，組長和女人對話的聲音聽得很清楚。

「大姐啊，您要叫我怎麼辦嘛，我也只能按照吩咐做啊。」

「不是嘛，連個人影都看不到，是要賣什麼？要有人才能賣東西啊。總要有人才能賣點什麼吧？又沒有人要買，幹麼叫我去賣？林組長你不也很清楚那裡的情況嗎？怎麼能這樣對我！」

「跟我說這些有什麼用？不然就親自去跟總公司說嘛。」

「該死的總公司、總公司，成天就只會講總公司。到底總公司在哪，負責人又在哪？根本都像幽靈一樣空有其名嘛。」

吵到最後，女人總算來到外頭，額頭上青筋畢露，餘怒未消般看著他，拉高音量。

「不是啊，這年頭，水池還能做什麼買賣？天啊，住在水庫的人把那一帶的人全趕走，吵得天翻地覆，現在是要我去那裡賣什麼？好歹也幫我換個銷售地點，叫我去一個為了拆除而吵翻天的社區，總要有人才能賣東西吧？是要叫我賣給水池的鯰魚嗎？！」

讓女人平復激動情緒的，是在葛山工作的年輕男人。

他後來才得知，葛山恰恰是位於山腳下的區域，那裡就只有三、四個倉庫，是給看守墓地的山區管理員和挖藥草的人偶爾停留的地方。葛山男人似乎早已對這種場面司空見慣，笑著輕輕按了按女人的肩膀，將女人帶往停車場。大家就這樣各自移動至被分配的工作地點，就連不知道該做什麼的他也一樣。

直到他將從組長手中拿到的東西放在副駕駛座，發動車子時，他才頓悟這並不是交付新業務給他，而是什麼業務都不給他的意思。直覺告訴他，自己終於進入了公司所打造的考場之中。

前。

#

一週後的星期六晚上，海善叫他過去，關上房門，將掛號寄來的文件遞到他面前。

「是二〇一號新婚夫妻寄來的，說因為漏水問題要搬走，要我們退還全稅金。」

為了抓漏，半個月前已經在樓上三〇一號施了工。信誓旦旦地說會抓到漏水處的業者，聽到完工後還是會漏水，隨即保證會再次施工。明明說好會盡快處理，到現在卻什麼處置都沒有。

當然不可能會有全稅金可以馬上給那對夫妻。薪水減少、換了職務的處境，同樣對他的貸款資格造成不利。就算好不容易貸到款，也無法應付利息。

「週末去看看囉，見面談一下就行了吧，跟他們說見面談。」他低頭看著其中一張文件回答。但在那週的星期六，與二〇一號的新婚夫妻面對面坐下來時，他才發現這件事不會如自己想的那樣順利解決。

他們說會想盡各種辦法解決漏水，新婚夫妻卻不買單

男人率先開口：「不知道您聽了會怎麼想，但這棟建築真的有很多問題。漏水是一回事，陽臺的水也很難退去，下水道味道也很重。上次下大雨，外牆還有磚頭掉落，差點就出大事了。您不知道吧？」

女人又補充：「我已經懷孕三個月了，這段時間要很小心，但每天凌晨樓上吵到我完全無法睡，白天社區施工的噪音也很難入眠。」

他阻止正打算回嘴的海善，任由對方說下去。房客夫妻說，雖然知道建物老舊，也知道全稅價格比市價便宜，但自己沒辦法住在會漏水的房子裡，希望他們盡快退還全稅金。語畢，一股低氣壓的沉默籠罩著他們。

打破沉默的人是海善。

「我也遇過漏水。我們也想幫你們修理啊，可是那裡是客廳，不能因為樓下漏水，就把樓上的客廳全部打掉，所以才按照水電師傅說的，先從陽臺著手。施工的人說，無論如何星期一都會來維修，就先這樣做吧。會這樣講，也是因為我們沒辦法立刻拿出全稅金。」

海善近乎哀求的說，他們是向銀行貸款，以承攬全稅金與保證金的條件買下這間建物，現在光是償還利息就很吃緊了，才一年不到的建物，也不能就這樣轉手。那棟建物是海善跑了好幾個月才選定的，算是租金收入穩定，也預期十年內會得到都更許可，最重要的是，比市價便宜的價格令人動心。

他想起去年冬天在不動產投資講座聽到的話。

「在座的各位，有沒有人認為，只要穩定將薪水存起來就能買房子？有的話，直接走出去也沒關係。覺得我在胡扯嗎？你們不是都見到了，身邊下定決心借錢買房子或建物的人過得更好。大家都說不動產市場已經完了、沒指望，但這句話在五年前、十年前就在說了，聰明的人當然不會相信。」

那是一場超過兩百人的演講，找不到座位的只能蹲坐在座位之間。他和海善站在出入口旁。雖然天氣降到了零下十度，室內卻很悶熱。緊貼著坐在一起的人只要稍微動一下，就會有悶悶的汗臭味飄上來。

這位講師自稱投資專家，將地鐵與輕軌路線圖疊放在大型螢幕顯示的地圖上，很具體地提到都市開發計畫與整修事業。大家都屏氣凝神，生怕錯過一句話，夫妻倆也夾在人群之間，同樣無法把目光從講師身上移開。兩小時演講結束後，他們也與其他人一樣，彷彿被迷惑般申請了與講師的個人面談，支付貴到離譜的諮商費後，足足等了三小時，才有機會和講師說上話。

「可是，依我們的處境生活不是比較保險嗎？」

講師操作電腦，跳出地圖畫面，正按照區域推薦大樓、公寓與多戶住宅。他聽到海善的話後，如此回嘴：「太太，如果依現在的處境生活，就會一直維持現狀，這也不是您來的目的吧。」

講師的那些話，使得原本遲疑地往後退的他，一再地湊向前。七年前，同事漢秀離職後，借錢買了兩間大樓公寓，成了五層商業大樓的包租公，公司的人經常把這件事掛在嘴上。他心想，自己好不容易也碰上了機會，他不想錯失良機。那一刻，他渾然忘我地大口吸入講師灌輸的期待與野心，連自己完全失去了理性都不知道。

他像是頓時清醒過來般睜大眼睛。

「假如明天施工能解決，我們會盡量住到今年冬天，不過，請您幫忙修理廁所的排水問題，還有代替我們和樓上的溝通。」經過一番漫長的說服，二〇一號的女人如此作結。

聽到這個回答，他和海善才起身。回家路上，兩人都沒有說話。越靠近家，現實才彷彿大夢初醒般，帶著具體的形體與樣貌，依序出現在他面前。

#

不到早上八點，他就到中心打卡，接著立即前往黔丹。那是個小工廠密集的工業園區。他將車子停放在僅有三、四間餐廳與幾家小店的大馬路上，走進巷子，就看到大型抽風機與鐵皮屋頂，瀰漫著刺鼻的塵土味與嗆辣的化學藥品味。

在工業園區內，很難把網路、電話、電纜商品賣給個人戶，要找工廠內負責通訊合約的部門。但要見到負責人也不容易，就算見到了，對方也不會覺得有必要把費用或功能都差不多的既有商品解約，另外簽新合約。有好一段時間，他就這樣無所事事的在工廠附近走來走去。

過了半個月，他才有勇氣在電線桿或牆面貼商品目錄，將傳單遞給工廠警衛或來往的員工。又過了幾天，他也能結結巴巴地說出商品優點和幾項優惠方案了。

「價格又沒什麼差異，誰會想要大費周章地去換？」

「聽說最近贈品都直接給現金耶，沒有嗎？」

「要是中途解約，違約金有多少？」

很少有人會耐心地聽他扭捏結巴的說完。大家的提問打斷了他，冷不防地插了進來。見到有人沒好氣又冷淡的表情時，就會感覺整張臉逐漸僵硬。他怯生生的講不出話來時，就只能像在尋找中斷的話語般，一直翻閱商品檔案和手冊。

「哎喲，真可憐，就算口若懸河大家都愛聽不聽了，這樣慢慢找，是想賣什麼東西啊？」

聽到這種斥責或忠告後，轉過身的他就會全身無力，好像突然變成什麼都不懂也不能做的人。他覺得自己體內的某處出現裂痕，有什麼如碎屑般正一點一滴掉落，逐漸變成了無能糟糕的人。有時，這樣的自責會糾纏著他不放。

儘管如此，他仍馬不停蹄地在黔丹的工業園區四處奔波。從早到晚，他能做的，就是在所有顯眼處貼上廣告傳單，逢人就低頭問好。禮貌性點一下頭就經過的路人，慢慢的敞開了心房。

「您來得真早呢。」有警衛開始先對他打招呼。

也有一兩個工廠員工問他，「吃過飯了嗎？」

他在食品材料工廠幫忙上貨與卸貨、搬運快遞包裹，甚至還組裝了工地餐廳的簡易桌子。他整理機器設備下方盤根錯節的電線，也花了好幾個小時替卡車更換爆掉的輪胎，為了修理故障的通風口，連爬上工廠屋頂的工作也不推辭。

這樣的好意與善舉並沒有馬上帶來業績或合約。他行事謹慎，說話也很小心，因為曾有幾次失言招來了誤會，導致關係變得比剛開始更疏遠。他一心只想著，無論什麼他都會去做，唯有這麼想，才能辦到一切。

「大叔、大叔！會 WiFi 嗎？WiFi 很厲害嗎？」

某個星期六下午，一個瘦巴巴的小夥子在停車場圍牆內喊他。當時他正在大門緊閉的工廠前貼傳單，雖然小夥子說話緩慢笨拙，但表情透露活力。見他靠近，小夥子打開了停車場的便門，示意他進去。

「WiFi不能用，會修嗎？」那個地方專門進口中國產的木耳，將其乾燥再送往全國各地的工廠。在偌大的作業場後是員工宿舍，兩側塞滿了通道僅能容納一人出入的貨櫃，每次變換方向時，通道就會變得更狹窄。過了好一會兒，小夥子打開了某間貨櫃的門。房間內就只有一個床墊、兩個塑膠抽屜、吊衣架與矮桌，散發嗆辣的調味料氣味與肥皂香味。

他在檢查桌面下的分享器和數據機時，小夥子結結巴巴地說自己來自中國重慶，現在必須和家人視訊。他很快就發現問題出在分享器，也不知道使用了多久，表面都發黃了。

他解釋，因為分享器很老舊，加上很多人共用一條線，速度自然會變慢、收訊不良，但小夥子幾乎聽不懂。他從車上拿來工具和裝備，接上很久之前從某戶人家回收的中古分享器，接著在窗框上打洞、整理電線，避免網路線被弄彎。小夥子始終一臉忐忑不安的看著他，直到打開網路視窗確認後，小夥子口中才吐出一聲「謝謝」。

他後來才後悔，沒向小夥子推銷網路商品。

類似事情一再發生。那些外國人用來當宿舍的貨櫃很老舊了，外頭的風不斷吹進來。他用矽膠填補有洞的地方，在窗框與門縫間插入隔熱板。他甚至用尼龍線替他們掛上晒衣繩，或用剩餘的夾板製作鞋櫃與置物架，也曾替他們修理老式腳踏車或壞掉的吊衣架。他雖懊悔自己把時間和精力浪費在莫名的地方，但等到回過神來，手裡又不知不覺的握著裝備，跟著結結巴巴的聲音四處移動。

週末時，這類請託尤其多。

好人，大恩人。

小夥子如此向同事介紹他。小夥子叫作曹，週末時會在空停車場上玩足球。任職於附近工廠的同事集合、分好隊伍後，比賽就開始了。揮灑汗水，賽況越來越激烈，就能看到他們用自己國家的語言高聲歡呼、鼓掌叫好。踩在水泥地上的腳步聲充滿活力而輕快，曹經常在追逐空中的球時失去重心，摔在地上，接著又迅速爬起，朝著球伸腿一踢。這時候的他們，看起來不像是遠從他國來賺錢的貧困移工，而是身體健壯、無所不能的熱血年輕人。

「曹！球來了！」

就在能如此親暱地喊曹的名字時，機會來了——向附近紙盒工廠的女生宿舍販賣網路與電視結合的商品。他學到了做生意是一件需要耗費許多時間與努力的事，想賣東西，就必須先證明自己是能幫得上忙的人。人們買的不單純是物品，還包括了過去累積的時間與值得信賴的關係。他領悟到，這是自己過去展現親切與善意的回報。

他在兩天內就簽好合約，交給了林組長。

那是在他被分發到據點中心約莫兩個月之後，而十二月公司約定的底薪也全都付清了。

#

這件事多少為他帶來了自信。

他自掏腰包重新製作了傳單、布條和名片，把條件和價格寫得很大，讓人一目了然，至於艱澀的專業用語也改成簡單易懂的字句。原本三天兩頭就遭到毀損或拆除的布條和廣告傳單，現在過了一星期仍在原處掛著，所以無論何時何地，任何人都可以看到那大大的電話號碼。

網路大叔。

大家如此稱呼他。

依然有許多人拜託他幫忙與商品合約無關的事情，但也多了約定要在下個月、明年簽新合約的商家老闆。警衛在小小的辦公室內讓出椅子，拿飲料或零食招待他，也有員工主動告知管理人員的辦公室和聯繫方式。

「話說回來，你還真有本事啊，居然把那裡的合約都拿下了。很有生意頭腦，真沒想到。人啊，潛力無窮，事情碰上了就辦得到。」

有天晚上，大明男人在酒席上如此吹捧他。

「最好是，我待的地方把水庫填平了，現在吵著要蓋靈骨塔。現在我還得賣手機給死人了呢，你覺得我賣得掉嗎？」在酒意驅使下，水庫女人打趣似的咯咯笑著說。

從一開始，就等於是把沒學過也沒能力的人，推進一個做不了生意的地方，然後逼他們不計一切地賣東西。他不知道自己為什麼會掉入這種陷阱。一想到「陷阱」，就覺得好像真是如此，身體也不自覺地輕輕顫抖。

問題出在哪？

一直以來，他都隸屬總公司的現場組，學習新業務時反應較慢，也不懂得如何同時處理兩、三項業務。儘管如此，他對於每天在相同時間、發揮熟能生巧的技術充滿自信，也能理直氣壯地說，自己不會在工作時耍小聰明或偷懶。

當然，他並非始終沉浸在這種想法之中。過去，他不曾對公司、在公司待的時間賦予任何意義，對他來說，工作就像呼吸、吃飯等經常被遺忘的某種東西。

要說理由的話，這會是理由嗎？

想來想去，問題好像是出在自己遲鈍散漫的性格上。假如自己眼明手快，待人處事夠機靈就好了，但他無法準確指出，自己該在何時做些什麼。不，搞不好其中有什麼想不起來的明確錯誤。他再次把全副心思花在尋找自己可能犯下的過錯。

「理由？理由可多了。我不是留長髮嗎？說這樣會引起顧客反感。有一次我穿白皮鞋去上班，又說這樣看起來很像不良幫派。這些王八蛋，就連呼吸也能打分數吧。」

大明男人說完，水庫女人跟著幫腔。

「真的太過分了。他們又為我們做了什麼？唉呀，以前好多啦，有誰會干涉啊？就算一整天不見人影也沒人知道，時間久了就會調薪，退休金也會逐漸累積。還以為退休就能像別人一樣靠退休金過活呢。」

他沒有作聲。

他無意否定長久以來自己透過公司得到的、學到的、期望的，以及實現與享受的每一刻，也不想否認如果不屬於公司，就不可能實現的那些時光。他更沒有自信說，為公司付出的時間與努力，都是毫無意義且不必要的。

「我有說錯嗎？現在不就是把我們的血都吸光了，就叫我們出去嗎？」

當水庫女人開玩笑般將雙手交叉於胸前，葛山男人靜靜地笑了。他心不在焉地點了點頭，接著拿著菸到外面。外頭一片漆黑，才剛過晚上八點，超商前卻只有幾個東張西望的年輕小夥子，都是身穿寬鬆運動服的外國人。

「太狠了，現在真是太狠了，把好處全拿光，就叫人空著手出去。」

「何止是這裡，都一樣，全都一樣。這些王八蛋，說到壞事，學得不知道有多快，看他們幹的勾當就知道都一樣。」

「沒錯，不好的都學得很快。為什麼會這樣？嗯？為什麼？」

門縫間傳出的聲音混雜了尖細與渾厚低沉的笑聲。他感到很不舒服，退開了幾步。他不禁想，好歹現在大家也還是公司的一份子啊。他仍像事不關己的人般，對他們否定、詆毀與公司有關的一切無法理解。

無論何時，嘲弄與揶揄很容易。相信某件事，耐心等待並給予理解，必然伴隨著困難與辛苦。他用這種方式多少將自己抽離，心想那種人就該受到這種待遇，直到做了幾次深呼吸後，發現自己的處境也半斤八兩。

儘管如此，他沒有拋掉自己有別於他們的想法。從過去到現在，他一次也沒有那樣評論在公司度過的時光。這件事無法用責任感、歸屬感、同質感等詞彙來解釋，他對公司的心意屹立不搖。可是，他不明白為什麼這麼容易因為那種人的無聊對話而受傷。他不想再任由自己一路守護，也想持續守護的某樣東西遭到毀損。

他回到座位上，拿起行李起身。

「喂，你不用這麼死心踏地，反正花再多力氣，最後也一樣會被趕出去啦。這是既定的事實，你也心知肚明，不用這麼死腦筋。」

他連忙走出餐廳，像是想拒絕大明男人的這番話。冰冷的空氣貼在紅通通的臉頰上，他將外套往上扣至脖子，兩手放進口袋，走在僅有零星車輛往來的大馬路上。

#

隔年一月，因為沒有簽成合約，他被扣了三成薪。職務變更為業務時，已經預想到薪水多少會減少，因此他與海善整個月都在煩惱如何制定穩定的新年家計計畫。

支出的規模與項目超乎預期，關於能減少的支出、必須減少的支出、無法減少的支出，兩人的意見逐漸出現分歧，對話時必須小心翼翼，避免傷到對方。要當俊武學費的定存、替他母親過八十歲大壽存的錢，以及夫妻倆停止支付一年保險費，他與海善好不容易才在這幾件事上頭妥協。打算用這筆錢負擔次年俊武升高二的教育費、多戶住宅的一年貸款利息與老家的部分修理費。

沒過多久，林組長找他過去。

他帶著自己新的傳單和名片，打算藉此表現自己盡了全力。

「幾個星期前，您有幫外國人宿舍換過分享器吧？不是有一個中國人用的貨櫃嗎？聽說您替他們換了分享器。」晚上回辦公室時，林組長一見到他，隨即問道。

才剛過晚上七點，外面卻如半夜般一片漆黑。他在掛在牆上的出勤簿填入時間，然後在報告上邊寫日期邊回答：「啊，分享器，對，我有印象。」

他無法隨心所欲地移動握著原子筆的手，於是做了幾次握拳、張開手掌的動作，想讓結凍的手融化。接著，腦中冒出了林組長為什麼會問這種事的疑問。暖氣運作的聲音讓他一時沒聽清楚林組長說什麼。

「我是說，何必連這種事都替他們做？」

組長又說了一遍，他才反射性的轉頭看組長。那個語氣，與其說是提問，更接近責怪。

「不是嘛，您想想看，業務又不一樣，假如老是私下給他們方便，維修師傅怎麼辦？他們也是領薪水工作的，應該叫他們正式通報故障啊。」

他還沒想好該如何回應，林組長就打開抽屜拿了幾張文件。似乎有維修師傅正式提出了抗議。他回答，那天是星期六，那些外國孩子週末會和家人視訊，和朋友互傳訊息。他說這不算維修，只是替對方換掉老舊的分享器罷了，甚至反問，反正分享器本來不就是個人要購買的物品嗎？

「也不是只有這次吧，您不是還幫忙處理電視天線和電纜嗎？一開始我就說了吧？不要做工作以外的事。」

林組長開始細數他的那些舉手之勞，把那些毫不起眼的好意或親切說成了滔天大錯。他越來越困惑，不禁懷疑，這件事有需要受到這麼嚴厲的指責嗎？這個念頭很快就轉為不快，擴散開來。他倒想問，如果連這些都不做，要怎麼累積交情、獲得對方的信賴並拿下合約？

「不是自己的工作就不要做，這很難嗎？大家都是只做自己的工作，這是對彼此的尊重，懂嗎？請做自己的工作就好，別老是去在意其他有的沒的。我就不多說了，請您注意一點。」林組長又補了一句。「也請注意，不要講到公司內部的事。」

從原子筆尖擴散的墨水沾得指尖到處都是，他低頭靜靜看著握原子筆的手，壓抑住湧上來的某種東西。

「什麼公司內部的事？」過了很久，他才反問。

組長回答：「您不是到處說自己本來是維修師傅嗎？原本負責維修的人卻跑來當業務，大家會怎麼想啊？別讓人誤會是公司想讓員工吃苦頭。」

他握著原子筆，再次開始填寫剩下的報告。每當筆尖離開紙張，都會發出「喀噠喀噠」的聲音。由於握得太過用力，被墨水沾到的痕跡越來越明顯。他將報告交給組長，接著把自己帶來的幾張傳單放在桌上。

「我不知道你聽到了什麼，但我並不這麼想。公司想讓我吃苦頭？究竟是誰說這種話？總之我知道了，先走了。」

他向拿著衛生紙到處擦拭螢幕的林組長道別，走出辦公室，用手掌撫了撫發燙的臉頰，開車離開。每次吐氣時都會有白色霧氣從口中擴散，這時，遭人侮辱、蔑視的感覺才變得清晰。也就是說，坐在陰暗駕駛座上的他，也許看著的，是無法在任何人面前，也無法在任何地方展現，卻時時刻刻打量自身內在的那種情緒。

沒有多久，他就理解了林組長的言下之意。

他販賣的商品持續發生問題。網路訊號時強時弱，WiFi訊號一下子有，一下子又沒有。

「大叔，星期天無法上網，一下下而已，現在可以了。」

紙箱工廠宿舍的孩子們似乎並不以為意，但隨著發生電視頻道減少、網路連線延遲好幾個小時後，就開始跑來找他了。

「這我沒辦法幫忙，你們要通報故障才行，打這支電話過去說故障了。」

但通報都沒有迅速受理，一天拖過一天。直覺告訴他，這是幾名維修師傅故意的，其中帶著對他搶走工作的報復與警告意味。確認有人故意中斷電信柱終端的訊號器後，他的懷疑轉為確信。

「不是說沒問題？說謊，明明一直故障。」

曹和他的同事持續跑來找他，他能說的，就只有故障必須通報。

「為什麼不能修？不能幫我修理嗎？」

他們自然不可能理解他說的，維修現在不屬於自己的業務，如果做了份外的事，可能會受到懲處。

包括曹在內，他與這些年輕外國孩子的關係越來越彆扭。當他打招呼時，他們就會將目光轉向他處，或不情願地回應。當他們一起高高興興地湧入餐廳時，如果碰見他，就會不約而同地閉上嘴。不過幾週，他就成了賣完東西後就拍拍屁股不管的人。因為不知道他們對自己的誤解有多深，心情總是瞬息萬變，心思也來回不定。

他必須學習讓整天浮躁的情緒冷靜下來。

不過，仍有些情緒留到了最後，像是不安，擔心他們會打電話到顧客中心說要解約的想法，持續折磨他到入睡的那一刻。

還有對自己的不滿將會四處流傳，往後再也無法得到誰的心或信賴，一個合約也談不成，成為對公司無用之人，而公司將會用這種方式給予解僱他的充分理由。這些想法持續將他逼近不安的角落，而他只能瞪著雙眼盯著天花板，直到深夜仍無法入睡。

一月底，公司發給他第一張業務催促書。

#

年假兩天前的星期六，他聽到了宗圭的消息。

他在多戶住宅的屋頂上接到了那通電話。當時他剛好整理完堆滿花盆、椅子、故障的電風扇、狗屋等雜物，一片凌亂的屋頂出入口，在屋頂角落的地板打開防水漆的蓋子。

剛開始他以為電話打錯了，因為聽不清楚對方的聲音。

「李宗圭，李宗圭先生。」

電話另一端稍微拉高了音量。是宗圭的太太打來的。聽到宗圭進了醫院，情況很危急的簡短告知後，他不知道該說什麼。因為就傳達這個消息來說，宗圭太太的聲音太過冷靜，就像在說別人家的事。

「什麼時候發生的？」他問。

宗圭的太太回答，「昨天上午，一時手忙腳亂，所以現在才聯絡。」

他表示會立刻趕去醫院。但剛好碰到年假，火車票都賣光了，他只能像其他無法求得一席座位的乘客般，背緊貼著走道站著。窗外的中心被白色煙霧覆蓋住，列車通過鐵橋，離開市中心後加快了速度。一路上盡是貧瘠荒涼的原野，只剩下枯枝的冬日山頭風景蜿蜒不斷。

他和宗圭是一起進公司的，兩人在總公司現場組工作了十五年。

他們看著彼此成家生子、成為父親，宗圭被調到其他分部後，有好幾年仍經常聯繫。時間的速度逐漸加快，見面次數減少，即便「見個面吧」這樣的約定一再延後，一起走過某種人生珍貴時光，信任與感激等情感，仍駐留在他與宗圭之間。

他很努力地用這種方式來看待宗圭的遭遇。如果不這樣，思緒就會彈回對自身處境的憂慮與恐懼。現在要擔心的是宗圭，必須想他傷得有多嚴重，以及如何安慰他的家人，但他卻一再想起公司發給他的業務催促書。假如這個月依然沒有簽約，公司就會發給他第二張業務催促書。收到三次業務催促書後，就得調動工作地點和職務。

他忍不住猜想自己無法確認的下個月，以及再下個月的情況，直到親自與宗圭面對面時才有了真實感，意識到發生了什麼事。

宗圭的情況很嚴重。

李宗圭。

假如看護沒有指著病房前的名牌，根本就認不出是他。這並不是因為繃帶將整張臉、胸口與手腳裹得緊緊的，也不是因為滲至繃帶表面的淡紅色血跡和膿黃斑駁的緣故。彷彿有什麼沉鈍的東西撞擊在心臟正中央，他像是被狠狠揍了一拳般，小心翼翼地抓住病床欄杆。

「宗圭啊，喂，李宗圭，我來了。」

他壓低了頭，將嘴湊近宗圭的臉。宗圭沒辦法睜開眼，鎖住的喉頭發出氣若游絲的尖銳金屬聲。過了很久，他以為宗圭睜開眼睛在看他，卻一邊發狂一邊胡言亂語，張開的嘴彷彿下一秒就會有滾燙嗆辣的濃煙冒出。

護士來了，他狼狽地逃出病房，在走廊上踱步。不管是誰都好，真希望有人可以和他說說話，卻見不到任何適合對話的人。看護的韓語很生疏，宗圭的太太要晚上下班後才能過來。他坐在病房前硬梆梆的椅子上，不知道坐了多久。

直到有人過來打招呼，他才察覺已經晚上了。

「你來啦。宗圭呢？進去看過了嗎？」

是韓秀。

雖然從別人口中聽說他借錢去買房子、成為商店街的房東，靠租金收入再去投資不動產賺了大筆財富，但離開公司後就再也沒見過面。韓秀進入病房時，尚賢也來了，他很生硬地與這些許久未見、變得莫名陌生的同事打招呼，卻沒有勇氣踏入病房。

「怎麼會發生這種事。他離開工會後，還以為他死了這條心，結果那天早上好像又跑去辦公室前面。雖然警察說要調查，但您也知道，就算調查了又能怎麼樣？他八成是怒火難遏才這樣。」

宗圭的太太一派冷靜。她算是寡言的人，他還記得她總是一臉羞澀地露出高冷笑容，或靜靜點頭的模樣，如今臉上卻沒有任何稱得上是表情的東西。面對那張生氣與活力全然蒸發的荒涼臉孔，他感到痛苦萬分。

「一點小心意，請拿去補貼費用吧。」

他與同事遞出一點錢表示心意時，宗圭的太太也只輕輕點了一下頭，送他與同事到電梯前時，也像是個只剩下雙眼還睜開的人，無從得知她在看著什麼，又或者看向哪裡。

他與同事來到可從醫院看到的豬骨湯餐廳。餐點上桌後，他飢腸轆轆的將又鹹又辣的湯舀起來喝，彷彿只要停下舀湯的動作，就會有某些覆水難收的話語傾巢而出。

「你們公司還好嗎？最近在哪裡工作？每次聽完還是忘記，不知道是不是年紀大了。」

「在哪都一樣，有什麼不同。」

他這樣回答。期間又來了兩個後輩，他默默地聽著他們一來一往的對話。

對話從很遙遠的過去開始，朝他們此時坐著的時間而來，速度緩慢得幾乎無法察覺。等到再次聚精會神時，對話已經進入了宗圭的病房內。他的心境再次回到低頭看著全身裹滿繃帶、痛苦不已的宗圭時。他將目光轉向電視，接著追逐服務生在餐廳忙碌奔走的身影，甚至漫無目的地將湯匙的包裝紙摺成一小團。無論他怎麼做，不祥的預感都沒有消散。

話題從宗圭轉移到宗圭太太身上，先是橫跨到讀高中的女兒和國中的兒子，接著又來到生病的老母親。最後，他提起黔丹工業區的事，因為他不知道同事一來一往的話題會朝向哪去。只要事關宗圭，無論是任何苦衷、猜想或推測，他都沒有信心再聽下去。

他大聲嚷嚷自己在黔丹工作三個月，好不容易才賣掉一個網路商品，同時上個月收到了業務催促書的事。假如合約業績繼續掛蛋，就會再收到一張業務催促書，收到第三次催促書後，搞不好又要去某個地方做自己不熟悉的工作。

他才剛說完，韓秀就說：「這樣已經算做很久了啦，也做夠了，辭掉吧。辭掉後還有很多事可做。你還有技術，弟妹和你不也存了點錢嗎？靠那筆錢來準備就行了，有什麼辦不到的？」

「準備個屁，誰能保證大家離開公司後，都能像你一樣混得這麼好？說得好聽是『準備』，結果大家都完蛋，都把積蓄賠光了。」尚賢回嘴。

「你以為我離開公司是有什麼天大的本事嗎？看看那些人，實在沒辦法待下去了，就算拚死拚活撐下來，也只會搞垮身體啊。」

他默默聽韓秀說，與其把生命奉獻給公司，在這裡浪費時間，還不如趁早去找其他工作。也許，很久之前就離開公司的韓秀也只能這麼說，但他連追問「你以為目前還留在公司、努力想留下來的人，不想失去的難道只是微薄的薪水和退職金嗎？」的力氣都沒有。

「是啊，是該辭了，我也累到做不下去了。」

他只是這樣回答，但這麼說，不是期待任何回應。只要留在公司，不論是警告，是懲戒，都會先後找上他與同事。假如覺得自己可以安心轉過身，就會在某一刻突然被揪住後頸。

那一天，他可以確定的是，大家都非常瞭解他的處境，這成了既不驚訝也不特別，隨處都會看到，也會發生在任何人身上的尋常事。

#

那個月底，他收到第二張業務催促書。

三月的第一天，他去了紙盒工廠的宿舍。那天的氣溫是零下十度，抵達紙盒工廠時，落下的雨雪正逐漸轉成雨滴。他擱下帶來的工具箱，拿了好幾個絕緣手套。有個女生說會叫曹過來，但過了半小時才回來。曹和三四個男生一起來了，他帶著滿臉不爽的曹去了堆滿貨物箱的載貨場後方，那裡有個大型通訊終端盒。他用老虎鉗夾起一小截電線，剝掉絕緣外皮。等四條細線露出來後，他將電線的絕緣外皮剝掉，再將相同顏色捲成麻花狀。接著將網路線與數據機終端連結，確認訊號後，又教曹怎麼換壞掉的電線。

曹一下就學會了。

只要確認終端盒內部的通訊埠，馬上就能知道有沒有連線。他把必須確認的網路線加以區分，轉眼間就將斷掉的電線復原。他提醒曹要在終端盒裝上小鎖頭，讓其他人無法打開，接著將三雙絕緣手套遞給他，走出了工廠。

雨停了，晚霞如細線般在烏雲間若隱若現。他走出有著科技、產業、零件、維修保養等眼花撩亂的招牌的蜿蜒小路，走到車子停放處，車子卻不在那個地方。這也不是頭一遭發生，他已經好幾次忘記自己把車停在哪裡，朝著莫名其妙的方向走去，接著才冷不防地回神。

過了很久，他才在大門深鎖的餐廳前發現停放的車輛。他發動車子，打開暖氣，忍受寒風刺骨而徹底僵硬的身體緩緩放鬆下來。天色已經暗了，他倚著座位睜大了眼睛，不知從何時開始，時間彷彿已經徹底成為他無法預期的領域。一小時是如此漫長，一天卻轉瞬即逝，以為才過了幾分鐘，沒想到已經過了三、四個小時，以為已經過了一星期，結果只過了一兩天。

他像在注視看不見也抓不著，卻貫穿自己身體的時間般，望著死寂的冬夜風景良久。

是外套嗎？

他想起一個極為久遠的記憶，事情已經過了二十多年。

當時正值冬天，他在住宅區裝電話線，一位鄰居老人家拜託了他一件事，但想不起來是要他幫忙修理門板，還是維修無法完全關緊的窗戶。那年頭，裝備或工具並不常見，無論在哪都經常碰上這種請託。那天，他的師父把公司的外套給了那位老人。用廉價人造羊毛製作的外套，印著人大的公司ＬＯＧＯ。

「啊，那個老人有夠噁心，還一直纏著別人。」

經常嘀咕個不停的師父，在那年的年終儀式上得到表揚。因為這件事被地區新聞介紹，師父因此成了知名人物。他在遠處看著師父一臉難為情地走上領獎臺，他所認識的師父，是與名字被印在獎狀上這種充滿奉獻精神的事天差地遠的人，不僅老是拖延工作，經常不在崗位上，很怠慢，但師父領的薪水卻是他的三、四倍。

他從來不覺得自己委屈或有什麼不合理。因為他相信時間久了，公司也會給他同等待遇。同質感、歸屬感、團結感猶如一個大圓環繞著他，那是公司對待、擁抱員工的方式。

他做了一次深呼吸以驅逐寒意，發動車子。他心想，換作現在，這件事絕對不可能發生，如今公司並不想要這樣，也用這種方式教導他不能這麼做。事到如今，無論是什麼，他都只能學習。

直到三月的最後一週，他才談成了在兩間溫室安裝無線網路的生意。

那個地方距離工廠林立的馬路很遠，穿越工廠區，在路的盡頭，出現無比荒涼空曠的嚴冬原野。位於山麓，等於是被黑色塑料布層層包裹的兩間溫室，猶如黑點般被孤零零地擱放在那。

提出合約的那天，公司通知「不得安裝」。

原因在於這一家六口居住的溫室屬於違建，不能登記為住所。他打聽到地主的聯絡方式，請求他讓房客寫土地地址。他苦口婆心地強調只要安裝一次通訊線路，隨時都可以再次使用，自己也會負擔安裝費用，最後才得到地主的允許。

雖然再次提出合約，結果依然相同。

那天下午他去了溫室。想走到溫室，就必須穿越荒土般的原野。由於才剛下完雨，地上都是濕的，他隨手摺了一下褲腳就往前走。潮濕的土壤黏在皮鞋上，褲腳也弄濕了，他帶著無論結果好壞的心情，將雙腳踩進冰塊般的冰冷土壤中，一步步往前走。

在溫室前，有位阿伯正在燒垃圾。

「那是我孫子處理的，我不懂，但他要晚上才會回來。」

「我是來看能不能安裝的，看一下就走。」

每當阿伯用棍子翻動塑膠袋和紙張碎屑等物時，就會有小小的火花竄至空中。他繞著溫室周圍，仔細拍下照片，接著便驅車直接回到經銷商門市。那天，他第一次對組長大小聲。他問組長，偏僻山村或僅有十幾戶人家的小島都能牽網路線了，那個地方為什麼不行？同時抗議，要是逼不得已，也可以借電線桿來用，為什麼不考慮這種可能性？

組長點擊著滑鼠，慢條斯理地回答：「不知道啊，我哪知道？上面的叫我這樣做，我也只好照辦啊。」接著，他好像發現了什麼有趣的玩意，盯著電腦螢幕咯咯笑了起來。

他解釋，溫室附近有兩根電線桿，可以從那裡牽線過來，但組長並沒有多作回應。

「我也可以親自去安裝，這不難，因為就在山腳下。」

當他這麼說時，組長才總算抬起頭。「不行就是不行。說不行的時候，別再講些有的沒的。」

他還打算再說些什麼，但組長搖了搖手，示意他就此打住。他好不容易才壓抑住湧上來的激動情緒，眼皮底下開始跳動。他用單手按了按眼角，調整呼吸，接著問組長，假如自己再次收到警告或懲戒會怎麼樣。組長不會不知道他收到第二張業務催促書的事，也不會不知道，收到第三張業務催促書後，就會受到調職處分，無一例外。

因此，那聽起來更接近某種訴苦或哀求。

「我也不知道，我也得按照吩咐做事啊，不然能怎樣，我也很痛苦好嗎？」組長猛然站起來，走掉了。

他非拿到溫室的合約不可，這樣才能平安無事地度過下個月。他向總公司提出意見書，在公司內部網站上傳文章，聯繫失聯許久的同事，並向安裝部門投訴，甚至有時他會為做這種事的自己感到詫異。但這種詫異，被無論如何都得做點什麼的焦慮與不安拋到了後頭。

那個月的最後一天，他收到第三張業務催促書。林組長通知他兩週內會調職，斬釘截鐵地告訴他不用再來這裡上班了。

#

一星期後，海善進行了一再拖延的手腕手術。在這之前，他已經為這個問題大小聲好幾次。每當海善習慣性按摩自己的手、吃止痛藥或戴護腕，碰巧和他四目相交時，她就會不以為意地說只要隔天動手術就沒事了，去醫院的事就這樣一天拖過一天。

某天晚上，她失手掉了湯鍋，餐桌玻璃和碗盤成了碎片。

「生病了就要治啊，是要拖到什麼時候？明天趕快去約個手術日期吧。」

他讓海善去客廳，開始整理滿目瘡痍的餐桌。玻璃碎片無論再怎麼清理，還是會看到某個角落閃閃發亮。和牛奶混合的淡紅色醬湯沿著壁紙流到餐桌下方，他用濕抹布擦拭地板，又抬高了音量。

「我叫妳明天就去約手術日期，聽到別人講話就要答話啊。」

最後，他把抹布一扔，猛然站起來怒視妻子，追問她究竟為什麼不去醫院。他大聲訓斥海善，明明是半小時就可以結束的簡單手術，只要一兩天就能恢復，怎麼這麼傻？

海善回到餐桌旁。「我知道了，你出來，我來收拾。」

見海善趴在地上，他又繼續說著。海善捲起袖子，把撒在地上的小魚乾和蘿蔔片聚攏，擰乾溼答答的抹布，將地板擦了又擦。海善每個動作都必須咬牙忍痛的模樣，全都看在他眼裡。

他終究又說了句。要海善不必因為叫她去動手術而發脾氣，也不想再為相同問題吵架。海善緩了口氣，像是有什麼話想說，但又繼續擦拭地板。

第二天，是他去預約了手術日期。

手術一下就結束了。海善的手腕附近留下彷彿魚刺般的縫線痕跡。連著好幾天，都是他和俊武負責做家事，必要的事也要自己來，俊武和他待在家的時間都變多了，這件事彷彿成了凝聚一家三口的契機。

星期六晚上，一家三口圍著外送的炸雞而坐，海善說話了，是在他提起很快會調職之後。

「要派你去更遠的地方？太過分了吧，這些人真的很超過，對做超過二十年的員工這樣，合理嗎？」

他正想說些什麼，海善又喃喃自語：「距離退休還有十年耶。」

他壓低音量，想提醒海善注意一下。「幹麼提退休的事？只要能做，去做就好了嘛。」

「還不都是因為他們淨叫你去做些有的沒的，根本不是你本來的工作啊，這樣你很辛苦啊。再怎麼說，也得給別人一點準備時間吧。」

俊武把電視音量稍微調大，打開盒子拿出炸雞的同時，視線一直都沒有從電視畫面移開。畫面中有一隻大象，在沒有樹木也沒有河流的荒蕪之地上行走，假如沒有旁白，整個畫面真是靜寂得乏味。

一家三口一邊用手撕著鹹味炸雞吃，一邊看電視，沉默籠罩在他們之間，僅有咀嚼雞肉的聲音與電視的噪音，填滿了既不寬敞但也不算狹窄的客廳。他望向夜幕降臨的陽臺，接著側眼打量兒子冒出一顆顆青春痘的臉。以前圓溜溜的可愛眼睛被拉得細長，小巧的鼻子也變得挺直，整體印象十分鮮明。曾把當動物的朋友視為夢想的孩子，經歷小學、國中後，夢想也從飼養員、獸醫變到動物救援人員，逐漸變得具體。

他低頭看著兒子在不知不覺中變得和自己一樣大的手腳，問：「現在二年級了，很忙吧？也有很多書要念。」

俊武和他的眼神短暫交會，但只有輕輕點了一下頭。他又試著多問了幾句，卻沒有從完全不知如何作答的兒子口中得到任何回答。偶爾，俊武像是在看著他和海善，但等到他想搭話時，就又將頭轉向電視。

「什麼時候會決定？我是說爸爸工作的地方。」俊武口中冒出了這句話。說話時，視線依然沒有從電視移開。

「馬上就會決定了，你不用管這件事，只要用功念書就好。現在雖然看似還很久，但明年就高三了，一切都過得很快。」

俊武喝光一瓶罐裝可樂後站起。「那我去念書了。」

他看著個高腿又長的兒子走進房裡。這一刻，彷彿久久緊抓著什麼而緊繃的心開始變得和緩，他忍不住想，是啊，這樣就夠了。

他所知道的生活方式，就是在平凡無奇的家庭中出生、長大成人，然後組成與成長環境相似的家庭，每天在相同時間上下班，並對自己的選擇負責。滿足的人生，幸福的日常，完美的一天，他從未奢望過這些東西。滿足、幸福、完美、充足總是稍縱即逝，一眨眼就不見。他相信，生活有一大半與滿足、幸福等詞彙無關，唯有那些無關緊要的事物堆疊起來，生活的樣貌才得以成形。

「妳不要動，我來就好，妳放著。」

吃完飯，他開始整理寶特瓶和炸雞盒，將剩菜倒在一起，然後洗碗。他忍不住自問，是不是在用這種方式為公司即將傳來的消息做準備，靠著趕緊讓海善進行拖延的手術，和家人一起度過晚餐時光，持續告訴自己沒關係，好讓自己對即將到來的那些有所覺悟。

但他不知道自己應該做些什麼，該做多少準備，又該抱持多大的覺悟。

#

宗圭撐了三十四天。

第三十五天的星期二下午，他接到了那通電話。宗圭太太說，今天早上先生停止了呼吸。這句話聽起來很微妙，就像是宗圭自行選擇了這麼做。

他在下午六點多才抵達葬禮會場。

醫院舉辦葬禮的地方有五層樓，被人潮擠得水洩不通。在一樓大廳確認葬禮地點後，他隨即去了三樓。寫有宗圭姓名的弔唁花環一路排到電梯前方，後來他才知道那是總公司送來的。他交了奠儀，走進靈堂點了炷香，朝朋友的遺照鞠躬兩次。宗圭太太身穿喪服，很鎮靜地行禮，他也如此回禮。沒有任何悲慟或哀痛之情，對他而言，這一切宛如一場夢，違和得沒有真實感。

九點之前，韓秀來了，尚賢也來了，但待客室非常冷清。過了午夜，甚至感到淒涼與寂寥。他和同事守在那裡，儘管持續空腹灌下黃湯，意識卻清醒得不得了。

接近凌晨時，一群罩上厚外套的男人闖了進來。在身穿黑色西裝的人群中，他們的穿著打扮顯得很突兀。他們將宗圭太太叫到靈堂外頭，而他坐在自己的座位上，把他們開門見山地說明來意的舉動看得一清二楚。

「這件事我們可以跟您保證，您可以相信我們。」

「不，我們不接受。」

低沉的對談越講越大聲，就連坐在待客室內側的他都聽得很清楚。宗圭太太面無表情的臉孔，在人群間若隱若現。

「喂、喂，你坐著別管。」

制止他站起來的人是尚賢。尚賢警告他，那些是工會的人，如果插手干預，情況會變得更棘手。言下之意就是要他別留下話柄。他只好靜靜地和同事聽宗圭太太果斷、像要擊退眾人的話語。

「葬禮晚點辦會怎麼樣嗎?」

穿厚外套的那群人走後,在幾乎沒什麼人的停車場,宗圭太太才開口。那是在尚賢不斷追問她與工會的人說了什麼後。宗圭太太說,工會的人提議要把宗圭的葬禮延後。

過去五年,原本隸屬業務支援團的宗圭沒有接到任何職務。不斷要求公司給他符合資歷與能力的工作,就是宗圭五年來在做的事。發傳單、回收老舊數據機、分解並處理廢棄電線和壞掉的機器零件,這些都不是宗圭一開始要做的;整天在陌生的社區繞來繞去,確認電信柱狀態、記錄電波強弱的工作也一樣。

「把葬禮交給那些人,誰知道什麼時候才會辦?他們一定會拖上一、兩個月,甚至可能拖上一年。這您不也知道嗎?」

韓秀勸她，無論是何種形式，他也不願見到宗秀之死被工會利用在示威或罷工上，但宗秀太太問的不是他們的意見。

「真的像那些人所說，能視為職業災害處理嗎？可以向公司要求補償嗎？能拿到多少？」她還吐露，總公司法務組也有聯繫，提議只要在幾張文件上簽名，把葬禮程序全權委託公司，慰問金只會多不會少。

他直接把頭轉向了遠方。這女人，現在是在秤丈夫的死值多少錢嘛。他萌生了這個念頭，但另一方面，他又對沒資格也沒權利、卻在一旁說長道短的自己很反感。

尚賢稍微拉高了音量，「無論公司還是工會，宗圭活著時，都不知道把他折磨成什麼樣子。人都走了，該由家人送他最後一程才是啊。要在工會場地舉辦葬禮，誰知道什麼時候才會辦？再說了，您相信公司那些人嗎？誰都不能信。宗圭變成這樣，他們不都只是袖手旁觀，公司或工會有做過什麼嗎？」

他也打算說點什麼時，宗圭太太像是打定了主意，抬起頭看著他和同事。

你們又做了什麼？

他無法直視那雙如此質問的眼睛。

「在工會辦還是在公司辦，又有什麼關係？人都死了，辦葬禮有什麼重要的。你們怎麼想都無所謂，我和孩子必須活下去，我要供他們讀書，以後還要讓他們結婚。往後也不知道會發生什麼事，那我們怎麼辦？我需要錢，真的很需要錢。」

幾小時後，工會的人又來了。

站在葬禮會場窗戶旁的他，恰好能夠望見那些人從車上下來。總公司的人守在建築物入口，開始將門鎖上。他們栓上門，將木棍插在玻璃門把上，背對門站成一列。

「一下就好了，請稍待。」

出入受到管制，就算大家抗議也沒用。醫院相關人士將雙手交叉於胸前，站得遠遠的，看起來完全沒有想阻止這場騷動。總公司的人和工會的人隔著玻璃門對峙，吶喊聲一來一往，厚重的玻璃門吱嘎作響，東西被砸爛的聲響逐漸變得劇烈。警察出動，走下巴士的武警包圍了建築物，用大聲公警告工會的人解散，震耳欲聾，鞭打著寂靜的葬禮會場。

與此同時，宗圭太太倚坐在靈堂旁，不發一語。

宗圭太太被一種類似心死與悲慟的情緒籠罩，外頭的騷動無法動其一根汗毛。他與同事佇立於從宗圭太太身上擴散開來的寂寥之中，所有人都沉默不語，再也找不到想說的話，還有能說的話。

接著，這一切才鮮明得讓人有真實感。也許如今留下的人唯一能做的，就是正視讓宗圭孤立無援、憤慨高喊，最後將他置於死地的那一切。也許他們此時正在接受懲罰——面對想著什麼都做不了，始終袖手旁觀的自己。

已經過了凌晨五點，外頭依然一片漆黑，他所做的就只有暗自期盼這場宛如戰爭的騷動能盡早結束。他不想看到這場毫無罪惡感也毫無羞恥心的謾罵，攤在明亮的清晨底下。

接近黎明時分，一輛裝載宗圭遺體的車終於離開葬禮會場。工會的人搭著另外兩輛車跟在後頭，彷彿永遠不會結束的僵持畫下了句點。

#

給宗圭上香的地方，就設在車站前的廣場。

晚上開始下起雨來，打在帳篷上的雨聲越來越響亮。他走出摩肩擦踵的帳篷，在周圍踱步。多半都是工會或他們召集的人。要是退後幾步，就會看到人們用手包覆的燭火忽大忽小地搖曳著，像在動似的。來來去去的人朝帳篷投來好奇的眼神，還有外國人用手機拍照。

他抬頭望著放在臨時搭建的講臺上宗圭的遺照。宗圭之死，置身於人潮與車輛製造的噪音之中。工會的人依序上臺，說了事先準備好的臺詞，從宗圭的死開始說起，逐漸走向對公司的憤怒與不人道的待遇。直到抵達國家、資本、世界與貧困等龐大的字眼時，宗圭之死什麼的，彷彿已經蒸發不見了。

他不是否定工會的主張，宗圭之死並非宗圭本人的責任，而是屬於將他逼至絕境的公司，但宗圭並非如他們所說，始終只是個脆弱無力的受害者。他也不只是奉命行事、被呼來喚去，最終被逼著走上死路的犧牲者。宗圭是某個人的兒子、丈夫、父親、朋友與同事，換句話說，在宗圭的人生中，也有他人無法想像的成就、感動、滿足、喜悅、樂趣與感激。

所以，直到他站在那裡，才能夠試著推估宗圭想守護，使他斷然做出極端選擇的東西。

宗圭沒必要做這麼絕，他就是這樣才會一事無成。但同時，他又覺得宗圭是逼不得已，想著這些時，愧疚填滿了他的內心。在愧疚中，懊悔與悲傷甦醒過來，緊接著是虛無與虛脫，還有無以名狀的情緒也依序醒來。他怔怔地注視兀自點燃又熄滅的諸多情感，除此之外，他不知道該如何哀悼宗圭之死。

這一生中，他不曾徹底傾向哪一方，必須講求客觀實際的偏執始終如影隨形。他努力保持中立，不偏袒誰，無論在哪一刻，都竭力避免失去平衡。

也許就是這樣，他才能每次都拒絕宗圭的請求。我很忙、不知道、太難了，也許他就是用這些話，把與公司正面對抗的宗圭甩得遠遠的。也許他是想要相信，宗圭的處境永遠與自己無關。

他跨出一步、兩步，退出示威現場，像個事不關己的人般閒晃。他在超商前抽了根菸，滑了滑手機，他連宗圭的遺體現在保管在哪都不知情，因為這一切已成了工會的管轄範圍。

「再怎麼說也不該這樣吧，大家也太狠了。」

宗圭的遺照和牌位被移到大街上，設了一個小小的上香處，周圍還依序設置了立牌、燈光和喇叭。對這一切很不滿的尚賢最先離開，而從頭到尾盯著講臺不發一語的韓秀也走了。

直到接近午夜，他才離開那裡。雖然想對宗圭的太太說些什麼，但看到她的臉卻什麼話都說不出來。令人詫異的是，她那原本憔悴、疲憊的臉，隱約透露出某種期待，只是隨即又像是看到什麼髒東西般，被微妙的不快與不悅所籠罩。

3

他被分發到地方小城市的設施一組。

他負責為期一年的維修與安裝業務，而公司保證，假如工作績效好，就會再次聘用。

四月的第二個星期一早晨，他拖著行李箱走出家門，七點前就搭上高速巴士，抵達分發的分部時，已過了十一點。那地方是個四面八方全是農田的鄉下村莊，假如沒有發現「分支局舍」的小木牌，真不知道還要在塵土飛揚的路上走多久。每次拖行李箱時，粗土細石都會噴濺上來。

二層樓住宅改建而成的分支局舍距離農家很遠，乍看像是棄置的民宅，也像是窮鄉僻壤的倉庫。人群在設置大型通訊裝備、中繼器、變壓器等的一樓設備室前集合，見他走近，有人手指二樓，於是他拖著行李箱走上狹小的鐵梯。

「您提早到了呢，大老遠來這，一定累壞了吧？」走出辦公室的是個高個子的年輕男人。「我叫作安勇國，這裡的人都叫我局長，但您隨意喊什麼都無妨，反正不是正式頭銜。您是來設置組吧？這裡的人幾乎都隸屬業務支援團，打招呼可以慢慢來。啊，要不要給您一杯水？」

進出辦公室的人像在看熱鬧似的，在另一頭看著他點頭示意，就回頭做自己的事，像是滑手機或翻閱雜誌。安局長告知他被分發到設施一組，在說明隸屬那裡的人只有一人後，就將頭探出門外找人。過了許久，有個人進了辦公室，是個看起來比自己大四、五歲的女人。也許是因為體型圓滾滾的，才顯得年紀比較大。

「這是黃從伊女士，從明天開始兩位會一起工作。上班要打卡，下班就看情況。作業完成後，用ＡＰＰ上傳報告就行了，和總公司使用的不太一樣，您知道如何使用嗎？」

局長教他使用工作ＡＰＰ的方法，說明業務指示會透過ＡＰＰ傳達，還可以上傳報告和確認作業進行狀況。但他遲遲沒辦法將ＡＰＰ安裝好，老是按到莫名的按鈕，跳回起始畫面。內心越著急，就越手忙腳亂。

「我看一下。」說這句話的是旁邊的女人。女人將手機劫走，轉眼就將ＡＰＰ安裝完畢，交還給他。

局長說今天先瞭解簡單的業務，明天再開始正式上班後，問道：「您決定住在哪呢？」

這時，外頭有人告知餐點送到了，坐在沙發上的三、四人起身，慢悠悠地走到外頭。從巨大的塑膠籃取出黃色便當盒的人們，往下看著他所站著的地方。

「不是會提供員工宿舍嗎？」他問。

局長回答，「原來您沒聽到關於這裡的詳細情況啊。我都已經拜託他們先打電話了，真不曉得那些負責人為什麼不先確認。總之，確實有員工宿舍，但現在沒空位。有的話，當然應該給您住，但因為其他分部的人也來了這裡，一間房子有三、四個人住，所以現在沒有空房。」

由於局長的語氣和態度都過分恭順，所以他花了點時間揀選用詞。醬料的辣味與油香味竄了上來。

站在一旁的黃女士插嘴，「抱歉，話說到一半卻打斷您。既然說到這了，局長，因為暖氣不能用，實在太冷了。您老早就說要修理，就算現在已經是春天，但早晚還是很冷，想洗熱水澡也只有一兩次有熱水，真的快凍死了。」

「女士，這件事之後再說吧。」局長以委婉的口氣安撫女人後，轉頭對他說：「情況變成這樣，真不曉得該怎麼跟您說，總之，您暫時必須先自行打聽住處。」

他反問，人生地不熟的，又不是一兩天而已，怎麼自己找？局長點點頭，像是認同他的話，但也沒有其他作為。

「我會再向總公司請示，但也很難保證。」局長過了許久才如此回應，接著就回自己的座位了。

「您是哪裡來的？原本是待在設置組嗎？不是自願來的吧？也是，有誰會自願來這種鳥不拉屎的地方。話說回來，您一定還沒好好吃頓飯吧？要拿個便當給您嗎？別看它這樣，味道還不錯，有些人不會來，所以每天都會剩下幾個，就算拿走一個也沒人知道，就吃一個吧。」

搭話的就只有女人，其他人似乎不打算對他展現絲毫善意，十分冷淡。他假裝自己拗不過女人，拉著放在牆角的行李箱來到外頭。雖然覺得女人一直在旁邊聒噪說話很有壓力，也不太自在，但也慶幸有個說話的對象。他吃了女人拿來的便當，冷掉的飯很硬，炒豬肉和燉牛蒡帶有強烈油耗味，儘管如此，飢餓感稍微褪去後，原本緊繃的身心也舒緩了下來。

以便當解決午餐後，大家還是留在那裡，三輛工程車也一樣。有的人在讀報紙，在樹下鋪紙箱躺著，還有人擺了象棋盤下起棋來。他繞著分支局舍走了一大圈，和總公司一貫回答「不清楚」的負責人通話三、四次後，被突然丟到鬼地方的驚慌感也逐漸消失了。他打算等天黑時去一趟市區，無論是一般小旅館或汽車旅館，打算先打聽能睡覺的落腳處，再慢慢找個長期居住的地方。

「我們員工宿舍有一個保管雜物的房間，不介意的話，可以暫時待在那裡。」

天黑前，有個人這樣對他說。當時一群人在幕色降下的院子前排隊，等著打卡下班。

「我叫崔，叫我崔就好，反正在這種地方，知道彼此姓名也沒什麼用處。」帽沿壓低的男人這樣介紹自己，接著又說了一句。「反正沒辦法待很久，所以才說叫你暫時待著。」

#

從公司到員工宿舍，車程需要十幾分鐘。

那天晚上，他和使用員工宿舍的兩個人享用了遲來的晚餐。背靠著流理臺坐著時，可以一眼就看到大小相異的三個房間和洗手間。扣除大房間，剩下兩間小到只讓一人躺下就滿了。洗手間的門半敞，只消看一眼也知道非常老舊，廚房和流理臺也不相上下。

崔煮了一鍋放了蔥花的泡麵，率先盛了泡麵，坐在旁邊的權也盛了，最後他舀起一勺時，崔喃喃自語：

「也要給我工作才能做吧，難道我還要自己生嗎？說什麼業務支援團，名稱取得還真好聽，誰知道業務支援團是在幹什麼。」

崔說自己過去三年都待在海岸區的業務支援團。話雖如此，但那是個沒有職位也沒有職務的地方。他說，剛開始公司派他到離家兩小時遠的分部業務支援團，第二年開始，又派他到沒有員工宿舍就待不下去的海岸區業務支援團。

「這群王八蛋，八成以為把我送到更遠的地方，我就會發神經說：『老子不幹了』吧。」

崔說自己鍥而不捨地要求換到可以上下班的地方，但直到加入工會，成為工會一員後，才換到這個有員工宿舍的地方。

「他們是怕了，說到工會還是會怕的。」

他等崔說完後，稍微提了一下宗圭的事。他說宗圭加入工會，在那裡工作了幾年。

「是喔？不知道他之前待在哪個分部？」崔問道。

他說了宗圭居住的城市名稱，接著崔爆料那個地方的分部長根本是個大騙子，不僅亂花工會費，還把工會會員當成跟班使喚。

「沒聽說嗎？那傢伙在這個圈子很惡名昭彰耶，看來你朋友沒說這件事。」

他不置可否地點了點頭。很奇怪，宗圭之死就像初次聽到般新奇。宗圭至今還在街上，如擔保物般被活著的人抓住。最重要的是，他對自己把這件事忘得一乾二淨感到吃驚。

「也是啦，要找到正直的人更難吧，這年頭都這樣，所以我才會任他們去。退出時，為了拿回會費吃了點苦頭。終歸一句話，這些王八蛋，就是不懂別人的錢有多珍貴。」

相較於崔，權算是寡言的人，從頭到尾都在滑手機，有人問他什麼或向他搭話，他才會簡答是或不是。第一次被派來業務支援團的他，屬於體型矮小的類型，即便如此，眼鏡底下的那雙眼神卻銳利冷冽，很難接近。

直到過了十點，他才開始整理自己要使用的房間。說是房間，其實更接近倉庫，所以要是舒服地躺下後，就幾乎沒有剩餘空間。權將堆放在那裡的東西清走了。移開晾衣架、塑膠椅、幾個行李箱和裝滿雜物的購物袋後，露出牆面的斑駁發霉痕跡，無論用抹布擦拭多少次，還是會有黑色汙垢跑出來。過了午夜，他才帶著自暴自棄的心情將帶來的行李大致取出，蓋上棉被躺下。

崔和權各自回到房間，整個家很靜謐，可以聽見滴答、滴答的水聲，還有濕冷的寒風不知從哪裡透了進來。他蜷縮身子躺著，傳訊息給海善，告訴她一切都很好，不必擔心。海善並沒有立刻回覆，他原本打了封訊息，要海善寄厚一點的毯子和棉被過來，卻張著嘴巴直接進入了夢鄉。

在員工宿舍的第一天就這樣過了。

又過了三天，他也總算有了可以稱為日常生活的東西，說要讓他負責維修與安裝業務的公司遵守了約定，還多配了一輛小廂型車。上班前會先透過公司ＡＰＰ收到業務指示，只要在下班前完成那些工作就行了。

最重要的是，他為此時身負職務的狀況感到慶幸。在整天無所事事、只能在辦公室晃來晃去的人之中，他看起來像是抓住機會的人，雖然要非常小心翼翼，避免傷及他人自尊，但仍掩飾不了他內心的期待。

「是嗎？那真是太好了。」

他嗓音中的樂觀氣息很快就感染了海善。透過兩天一次與太太的通話，以為許久前就失去的依戀與思念，似乎也一點一滴地甦醒。

#

他在早上八點左右抵達分支局舍，確認當天的作業地點和內容後，規劃好路線。黃女士總是比他早來，她會帶上修理委託單和顧客同意書，甚至有天還準備了水和零食。

「要出發了嗎？」每當他這麼問，黃女士會回答：「等一下，我再看看有沒有遺漏的。」

他不是不曉得，每當這時，其他人就會露骨地偷瞄自己和黃女士。他也知道，那群人會你一言、我一語地邊說邊偷笑，等到和他對上眼神，就假裝別過頭，對那裡唯一的女性黃女士，以及等於是新人的自己嘲弄揶揄一番。他完全可以想像，這些人把自己和女人當成笑柄，隨意加油添醋，藉此消磨無聊時間，但他仍佯裝不知。因為他不想憑空想像沒根據的話，助長敵對情緒，搞砸在那裡的生活。

黃女士說自己在六個兄弟姊妹中排行老四，家境始終不富裕，所以成長過程中很難得到父母的關心或援助。她說自己高中輟學後，十七歲開始進公司當接線生，還說必須在業務局成天接陌生人電話的工作，把原本意志消沉、算是不多話的自己變成了活潑樂觀的人。黃女士灑脫地說，遇到老公、生下兩個孩子後，接線局的工作沒了，又在呼叫中心做了十年多，沒想到有一天會突然被趕到這種窮鄉僻壤。

他大致都是默默聽黃女士說話，但不時會覺得，自己太懂黃女士的感覺了。他清楚看透了她是以何種心情來到這裡，又是用什麼心境度過一天。

他想把所有知識告訴黃女士，教會她所有事情。三十年來只做過諮詢業務的黃女士，對安裝與維修一竅不通。

「我試試看，你先不要弄，這個我學過，我知道怎麼做。」

「不對，不是那裡，應該是要確認這裡。不是有三個燈嗎？這裡會閃爍，就表示不是網路線的問題。」

當他說話時，黃女士會用手機拍照、寫備忘錄，但之後又重複問相同的問題。她經常露出彷彿第一次聽到的表情點頭，接著像是提醒自己注意似的，反覆低喃他說的話。

有時，黃女士也能自行完成確認連接數據機的線、更換分享器或電線等室內作業，但進行必須親自在電信柱牽網路線的室外作業時，他卻很難在移動時向黃女士解釋每件事。業務量逐日增加，唯有像是被時間追逐般快速工作，才能勉強完成一天的業務。

「別待在那裡，去車上待著吧，反正這種事用看的也學不會。」

因此，他也不自覺地經常當面酸言酸語。

「不是啊，哪有做不到的？我也學得會，總要學了才能做事吧？」

黃女士從來不肯乖乖聽他的話，鐵了心般不被他的言行、心情和態度動搖。不，她像是被鍛鍊成了那樣的人。

只不過，他也有忍無可忍的時候。

他請黃女士去拿螺絲釘，好把通訊埠置物架固定在二樓住宅欄杆時，黃女士把車上龐大沉重的工具提箱整個拉了過來。他從上面往下俯瞰黃女士打開提箱，逐一取出工具，然後才找起塑膠鐵釘罐，不禁感到煩躁。過了很久，黃女士才打開鐵釘罐，釘子、螺栓、螺帽頓時跳出來，灑了一地。

「請放著吧，我來就好，放著別動。」

他爬下欄杆，脫下手套，開始撿起散落一地的釘子。有些工具理當由公司提供，但他每次都自掏腰包添購零件。

「罐子關得太緊才打不開，我怎麼知道會這樣？」黃女士撿起散落一地的釘子、螺栓、螺帽，看著他又說了一句。「不必這麼冷酷。我是這裡的員工，也是組員。我也是領薪水的人，工作難免會失誤，就算學過也有不太懂的地方。何必這樣？就這點釘子，撿起來就好，一定要讓我這麼沒面子嗎？」

黃女士把撿起來的釘子整理好放進盒子，依然站在欄杆前。作業結束後，夕陽已經西下，以為晚霞要露臉了，不知不覺間周圍已漆黑一片。他一言不發地發動車子，在黑壓壓的雙線車道上奔馳，女人和他都沒有說話。

「我說過吧？」

過了很久，黃女士開口。當反向車道有車輛經過時，前面的玻璃窗就會整片發亮。黃女士說起去年夏天，自己揹著裝了網路線和裝備的背包穿越墓地、翻山越嶺的事。

「難道是我把工程車弄壞的嗎？他們把快報廢的車子給我當工程車，一下說爆胎，一下又怎樣，最後連車子都不給我了，叫我自己搭公車。我有高血壓和糖尿病，卻在那大太陽底下不知道走了幾小時，怎麼走都看不到電信柱，也沒有公車。打了通電話給局長，他卻對我大小聲，說我連這點方向感都沒有，還做什麼工作。我是靠著自己的一雙腿翻越那座山的，假如我連這點覺悟都沒有，還會來這裡嗎？」

他一邊驅趕襲來的睏意，一邊聽女人的故事。聽久了，原本湧上的憤怒或煩躁多少又會消褪，轉而萌生憐憫和愧疚。

後來他才發現，很難打開的鐵釘罐被換掉了。用來裝配菜的小小塑膠盒中，釘子和螺絲釘都依大小和種類整理好，再也不用辛苦地蹲著選釘子了。

#

他和黃女士被分派的區域，大部分是尚未形成住宅區的地方，幾乎沒有低矮的電信柱，所以必須爬上超過十公尺高的電線桿，把通訊線從粗厚的高壓電線下方取出。爬上梯子，嵌上平頭螺栓，再踩著它往上爬，就連經過長年鍛鍊的他都覺得吃力。由於螺栓間的間隔很寬，想往上踩一格，握住螺栓的手就必須使力，將身體奮力往上拉。踩著螺栓爬得越高，風勢也益發劇烈，被吹動的身體很難保持平衡。有許多要避開的東西，能閃避的空間卻有限。就連在電線桿包覆保護帶、扣上安全扣環這樣的簡單作業，也必須全神貫注。

那天，黃女士堅持要親自進行作業。

時值五月，天氣卻很濕熱。接近下午時，潮濕的熱風吹來，天空彷彿即將下雨般灰濛濛的。電線桿位於新建公寓和商家林立的巷口，一眼也能看出遠超過十公尺。

「要借助他人的手到什麼時候？我也要做了才會進步啊。我來做吧，很快就好了，您在這裡幫我抓一下梯了。」

黃女士非常堅決。她戴上絕緣手套，將沉重的作業帶繫在腰間，把折疊梯歪歪斜斜地架在電線桿正下方。

「奇怪了，為什麼不讓我做？也不教我怎麼做，卻怪我做不好。只要教我，我也能做，真的很討厭被當成傻子。」

最後他退讓了。

「平頭螺栓很滑，請先把鞋子脫掉，貼上貼布會好一點。」

終歸一句話，完成作業才能移動到下一處，沒時間和黃女士鬥嘴。一天要處理的業務量逐漸增加，如果沒辦法達到分配量，就必須填寫事由書。他不想為了寫出更具體適當的理由，和安局長吵個沒完，也不想整個週末為了沒做完的工作，氣喘吁吁地四處奔波。

「不用擔心，我都會做。哪有不會的？做就會了。」

黃女士神氣地一格一格爬上梯子。站在梯子頂端，在電線桿的兩側轉上螺栓，接著抓住粗螺栓，使勁將身體往上拉。過了很久，黃女士的雙腳才踩在螺栓上頭。

「您還好吧？」

當他詢問時，黃女士會往下望向他代替回答，但再往上爬一格後，她卻一動也不動，也不敢往下看他了。

「沒事吧？有聽到我說話嗎？」

他抬頭仰望電線桿，持續拉高嗓門，卻聽不到黃女士說什麼。強風吹散了兩人的聲音，他爬到梯子頂端，才終於聽懂黃女士如螞蟻般細微的聲音。黃女士說自己頭暈、雙腳抽筋，向他道了歉，並哽咽地說自己沒辦法再往上爬了。

「能下來嗎？您試著慢慢下來。」

在他大喊的同時，黃女士依然文風不動。黃女士抽泣著說，這樣的工作對自己這種人來說太吃力，她已經太老了，沒辦法再學什麼新玩意。

「我去打一一九，您抓好。」

最後他拿出手機，黃女士卻阻止了他。黃女士以望著前方的姿勢拉高嗓門。黃女士死命大吼著安局長、懲戒、笨蛋、神經病、這些人等字眼，若是抬頭看，可以清楚看見她的身體抖得非常厲害。

鄰近商家來了幾個人。

「發生什麼事了？誰受傷了嗎？沒事吧？怎麼停在那上頭？」

每次回頭，就會發現人群又多了一些，搞不好真的會有人去報警。假如這樁突發事件傳進安局長耳中，又向總公司報告的話，不知道又會遭到什麼報復。他仰起頭開始亂說話。

「凡事起頭難，剛開始雖然不熟悉，但只要做過一兩次，任何人都能學會。只要累積經驗，掌握要領，就天下無難事。不對，說實在的，這類業務對有資歷的我來說也很吃力，要怪就怪公司叫別人做他辦不到的事。公司搞得員工騎虎難下，把他塑造成無能之人，這樣那個人就會主動捲舖蓋走人，是公司的行徑太可惡、太令人生氣。」雖然知道聚集在那裡的人都聽見他說了什麼，但他依然沒有停下來。

又過了十幾分鐘，黃女士才整個人掛在螺栓上，艱辛地一格一格爬下來。他站在梯子頂端，讓她小心翼翼地踩在他的肩頭，走下梯子。雙腳才剛碰到地面，黃女士隨即整個人癱坐在地上，一臉不敢置信的看著他。

黃女士的手掌磨破了一層皮，上頭凝結了鮮紅的血跡。等驚嚇神情散去後，她的臉上浮現了某種期待感與成就感。

她邊擦拭紅腫的眼角邊說：「看到了吧？我不貪心，因為今天已經做到了這些，只要明天再多做一點就行了，時間久了，我就能駕輕就熟。」

那天的作業最後還是由他來扛。

爬上電線桿時，他很努力想要憶起多年前笨手笨腳、手足無措的自己。然而，置身一有差池就會碰到高壓電線、全身觸電的恐懼中，彎下腰、扭動身體，整個人吊在電線桿上時，他很深刻地領悟到，和什麼都不會，也什麼都學不會的人成為一組，自己做了多大的犧牲。

#

直到六月，他才好不容易休假回家一趟，是為了解決已經空三個月的多戶住宅二〇一號的租賃問題。

施工兩次後，新婚夫妻依然成天喊著會漏水，所以三個月前向銀行貸款，把全稅金退給了他們。仲介說要替他們找新房客，卻遲遲沒下文。

整個星期六上午，他都在多戶住宅附近的仲介事務所奔波。

「內部整修一下怎麼樣？最近以那個價格根本就不要想。附近也新蓋了很多公寓，現在距離搬家旺季不是還很久嗎？」

這段時間，全稅金又降低了。就算降價，也很難找到有人想住三不五時就有東西故障或壞掉的老舊房子，儘管如此，也不能放任房子一直空下去。就算每個月都在想盡辦法支付貸款利息，一年後，就將會收到要一併償還本金和利息的通知。

「如果遇到有緣人，我可以降價，拜託您了。」

他又多跑了幾家更遠一點的仲介事務所，然後才去客運站，因為母親說下午要過來。母親只說要拿東西來，無論他怎麼問，母親也只簡短提了一下辣椒醬菜、拌沙參、糯米粉和梅子汁等要帶去的東西。他完全猜不著為什麼母親要大老遠跑來見自己。

母親站在客運站前，直到看到他朝自己走來，才提起放下的行李。他接過母親的行李，跟在後頭的母親乾咳得很厲害。

「我不是說了，咳得很厲害就去醫院看看。妳沒去吧？怎麼不叫大哥一塊去？就算是小感冒，放著不管會成大病的。」

「醫院我一個人也很常去，何必把人叫來叫去。」

雖然母親充滿朝氣地回答，但一坐上後座又開始咳。他開車時，全程都用後照鏡偷瞄，母親一直用手按摩膝蓋，偶爾看看窗外，接著又像是想起什麼似的喊他，簡短問了海善和俊武的近況。說服執意不去醫院的母親到附近韓醫院去拿帖韓方出來後，已經超過四點了。

「我不去你們家，家裡也沒人在，我去做什麼。就在附近吃碗麵吧。」再次上車時，母親說。

儘管只是將車子暫時停放在樹蔭下，車內仍變得熱烘烘的。他發動車子，仰頭看著後照鏡說：「再過一、兩個小時，俊武的媽就回來了。既然來了，就看看俊武，一起吃個晚餐吧。」

「人家週末還要工作，不用這麼麻煩，我在附近吃碗麵就回去。」

他拗不過母親，只得將車子調頭。兩人在客運站前的餐廳坐下，寫著專門麵店的店冷冷清清，兩碗湯麵和一碟餃子很快就上桌了，母親不發一語地將麵條分到他碗中，接著用湯匙開始一點一點吃起麵條，直到他的碗快見底時才開口。

「尚昊他啊……」

母親碗中還留有一半以上的麵。他把一顆分成兩半的餃子放到母親的小碟子上，說：「您不是喜歡吃餃子嗎？吃吧，都涼了。」

這句話似乎堵住了母親要說的話。母親將他分給自己的餃子吃完，才又接著說下去。

「尚昊現在也成家了，往後還要生孩子，如果每個月付房租，什麼時候才能存錢買房？哪怕只是間小房子，有自己的家總是比較好。要是我有錢，也想貼補他一些，但我是泥菩薩過江、自身難保。我是在想，你比你大哥的經濟狀況好，所以才來的。」

母親講起去年冬天結婚的姪子尚昊。那時他和海善吵了一架，最後把大約半個月的薪水拿去當禮金的事，至今還記憶猶新。他認為自己已仁至義盡，扣除這件事，過去該做的也都做了，但他仍屏息耐心聽著。

「我就生了兄弟兩個，還能上哪去講這種事？就當作暫時借錢給尚昊，他也會一點一點的還吧。好歹也得讓他早日立業吧。要是父母有能力，就能供他這些了，但以你大哥的處境怎麼可能辦到？」

他叫來服務生，告訴對方要外帶兩盤餃子，一個個吃完盤裡剩下的餃子，拖延答覆時間。直到結完帳出來，將外帶的餃子遞給母親時，他才開口。

「我會和尚昊通個電話，媽要記得按時吃藥。」

「好，你記得跟他通電話，別讓你大哥知道。要是他知道我跟你講這些，一定又會吵翻天。」

由於碰上星期六晚上，客運站的候車室熙熙攘攘。他好不容易才找到一個空位，讓母親坐下後，便站在一旁。母親要搭乘的巴士晚了二十分鐘，直到乘車廣播響起、乘車處的門也開啟，母親才從手提包拿出一個信封袋。

「什麼都別說，拿去給俊武吧，裡面沒多少，幫我拿給他吧。」

被對折兩次的信封袋縐巴巴的，捲成圓筒狀。他默默地收下信封袋，然後看著載著母親的高速巴士駛離停車場。

海善在剛過七點回到家，他聽見玄關門開啟的聲音，隨後響起海善的嗓音。

「回來啦？媽怎麼回去了？」

他說自己替母親抓了一帖韓方。幾乎兩個月沒見到海善，她看起來似乎瘦了一些，氣色卻好多了。兩手的動作流暢自然，手掌的疤痕也幾乎癒合了。

「你沒收到我寄去的衣服嗎？我還放了幾件短袖襯衫和褲子，你怎麼穿這麼多？穿涼快一點嘛。」

海善打量他的臉和穿著，在流理臺取出買回來的東西。

「吃過東西了嗎？晚餐要吃什麼？我買了點醃肉片，但要花點時間才能做好，不然出去外面吃？」

他回說和母親很晚才吃了午餐。海善繼續問他員工宿舍住得習不習慣，需要哪些東西，又問要不要帶點泡菜和小菜過去。他倚靠著沙發，漫不經心地回答，接著閉目養神片刻，就這麼進入了夢鄉。

翌日早上，一家三口才在餐桌上團聚。

一吃完飯，俊武就準備去讀書室。走出玄關後，他才叫住俊武，把母親給的零用錢遞給他。孩子出門後，海善才拿著多戶住宅的租約出來，扣除空著的二〇一號，共有三戶人家的合約，其中有兩戶的租約快到期了。

「這下糟了，二〇一號持續空著。三〇一號說會再住一年，一〇一號目前還沒有任何表示。反正那間是月租，要不要乾脆跟他說要降房租？」

天氣很好，他在陽臺、浴室、鞋櫃和置物架間來回，拿走需要的東西。海善的聲音忽大忽小，持續跟在他後頭。放入薄被、工作鞋、除濕劑、防蟲組、毛巾後，行李箱就裝滿了。他用身體壓住行李箱，拉上拉鍊，開始把剩下的行李整齊地裝進紙箱。

「直接賣掉吧。」

他口中冒出了這句話。當時他正把立在地面的行李箱和紙箱放在玄關前，打開鞋櫃取出要帶走的工作鞋。

原本坐在餐桌前的海善走到玄關。

「你說什麼？」

「趁現在賣掉比較好。」

他抬頭看時鐘，再說了一遍。該回去了。他想起分支局舍，想起在充滿濕氣與氣味的狹小房間入睡，醒來後又彷彿被時間追趕般奔走的一天，以及置身看他不爽的人群之中，必須克制情緒湧上來的每一刻。

「現在怎麼立刻賣掉？就算再辛苦也要保住房子啊。那是為了都更才買的，現在賣掉就等於虧損。你不也知道嗎？到秋天就能找到房客了吧，我會再多跑幾家不動產，反正沒有房客，要脫手也很難。」

看到海善非常驚慌，他也不自覺地點了頭。他提著行李箱和紙箱走出家門。海善送他到客運站，搭計程車到客運站的路上，海善壓低音量繼續說著，主要是要他按時吃飯，還有別忘了吃維他命和營養劑。

「俊武的爸。」搭上巴士前，海善叫住他。「要是覺得太累，辭職也沒關係，不是有退休金嗎？還有以前保的年金，你有專業技術，這年頭……」

「回去吧，有事再電話聯繫。」

他打斷海善，上了巴士。因為他沒有信心解釋，明明自己一天有數十次想衝動地做決定，卻為什麼還是想繼續留在公司。他也無法確定，自己究竟是為了避免失去什麼才做到這一步，又想用這種方式守住什麼，只不過他並不是對這一切無能為力，而是歡喜做、甘願受。至少這點，他應該說得出口。

#

星期一，分派給他與黃女士的業務總共有七件。

因為分布在不同地方，業務種類也不同，要規劃動線並不容易。他在早上七點前先去了最偏遠的三樓別墅，打算在黃女士上班前，先將那個地方的電話和網路安裝好，再回分支局舍。

「線路要收在看不到的地方，我最討厭有電線在外頭晃來晃去。」

男主人來到三樓陽臺，做出要他過來的手勢。他答應會做到，也嘗試這麼做，問題卻出在電話線。要拉電話線過來的電信柱在院子另一頭的巷子，如果不穿越院子，很難把線路牽過來。矗立在院子一角的高大柿樹也成了阻礙。他徒手折斷幾根粗樹枝，接著評估電話線的方向，以避開院子的正中央。之後，他將電線從樹枝間抽出，銜接到屋頂角落。

他不斷重複爬到樹上，回到屋子，以及在三樓階梯上上下下的過程。他用單肩扛著折疊梯，抬頭檢查線路，握著自己上手的工具操作裝備時，滾燙的汗水沿著背脊流了下來。他可以感覺到肌肉與關節的動作，熟悉的疼痛感甦醒過來。身體記住了他的工作。

「不是啊，我不是要求不要看到線嗎？聽不懂我的意思喔？」

男主人指著電話線，拉高音量。如果站在三樓陽臺，確實是會看到從院子角落拉到屋頂尾端的線路，但不到讓人無法忍受的程度。如果不去留意，也不會發現它的存在。他又試了幾次，卻沒有什麼一舉解決的妙招。他說明電信柱的位置與屋頂的角度，尋求屋主諒解。男主人像是認同他的話般點了點頭，但過沒多久又開始老調重彈。就算他說只有外部如此，屋子內部作業已經處理得很乾淨俐落也沒用。他實在無計可施，只能就此結束。

過了一星期，局長叫他過去。

當時他已經下班，獨自留下來清洗工程車。局長拿到他面前的是一張客訴單。因為字體實在太小，他一下子沒看出文件上的內容。

「您不久前去了有三層樓的別墅施工吧？聽說屋主打電話到顧客中心。您是和黃女士一起作業的吧？」

聽完局長的說明後，他隨即清楚想起別墅屋主的臉，還有在陽臺上俯瞰的院子，油漆味濃厚的建築內部構造也都歷歷在目。

「應該是我一個人去的，因為那天工作有點多，好像是我在黃女士上班前獨自去的。」

「不是黃女士施工的？」

他試圖解釋為什麼電話線只能那樣牽，也打算補充，最近幾乎沒人使用有線電話，而且鄉下的電信柱多半安插在田地，所以無可奈何。局長卻要他再去那戶人家重新施工，還說，必要的話，要求得顧客原諒，直到對方心裡高興了為止。聽到「原諒」二字，彷彿局長認定他犯下了什麼不可挽回的錯誤。

「先不說這個，您為什麼這麼關心別人的事？」

局長摘下眼鏡，揉了揉眼角。他一下子沒聽懂這句話。

局長再次壓低音量：「我是在問您為什麼要代替黃女士施工，再不懂得察言觀色也不該這樣啊。本來不打算說得這麼直白，您還真是不諳世事啊。」

局長關上半開的辦公室大門，回頭接著說，黃女士獨占了一間員工宿舍，影響到其他男性員工的權益。

「我也不是不知道黃女士的處境，但這裡誰沒苦衷呢？她啊，只顧著自己的立場，現在有員工宿舍有六間，一般都是三、四人共用，可是您看看，現在黃女士她就用掉了一間，這裡的人當然不是滋味。」

局長用原子筆敲擊著書桌邊緣，等待他的回應。提供員工宿舍是公司提出的條件，員工調任與分發也在公司的管轄範圍內。

這並不是黃女士的錯吧嗎？

他壓抑想反問的衝動。

局長指示，往後兩人的工作要平分。也就是早上確認業務、分好要進行的工作後就各自行動，不再干涉彼此負責的工作。見他有話要說，局長隨即劃清界線。

「黃女士那邊我會去說，您不用管。」

他愣愣地等著局長說完，走出了辦公室。雖然不是自己的錯，那一刻卻不免對黃女士感到愧疚。不過想到也許能多少減少工作量，他仍難掩興奮，不用再做不必要的犧牲也讓他鬆了口氣。公司太過輕易地在親近的人之間製造衝突，也知道什麼能放大憎恨與不安，這時他才有種目擊公司的真面目，知道公司有多狡猾聰明的感覺。

顧客的抱怨與日俱增。一星期前、半個月前、一個月前，對他的工作的投訴，一個接一個地往前回溯——態度不親切、安裝速度很慢、噪音嚴重、沒有善後、沒有說明。

內容語意模糊，只有三言兩語，很難確知究竟是在何時何地犯了什麼錯。越是如此，他就越鑽牛角尖。他會仔細確認日期，努力回想當天做過的事，自己說過什麼話、露出了什麼表情，還有對方作何反應。

我有不親切嗎？

一旦這種想法冒出來，就會認為好像真是這樣，覺得自己犯下了無法挽回的過錯。但他終究難以同意，為了檢查、維修而沒有言語表情，猶如被時間追趕般辛勤勞動的自己，是故意讓顧客感到不快。

#

天氣一天比一天悽熱。

夜裡有蟲子往身上飛撲過來，很難入睡，下水道竄上來的惡臭則幾乎占領了整間房子。逐漸往流理臺內側、洗手間入口、他使用的房間牆面蔓延的灰黑黴菌，也同樣令人在意。

七月來臨前，他打算和崔、權兩人一起整修老舊的流理臺和洗手間，為每扇窗戶加裝紗窗，但崔和權老是找各種藉口拖延，一直到六月底都沒辦法動工。七月第一個星期五，他用毫無情緒起伏的口吻說，一定要在這個週末把說好的事情完成。

深夜才回家的兩人沒有任何回應。

「我明天有事耶，我沒說嗎？」

崔率先進房後，對他的話置若罔聞的權，也用力關上門，進了自己房間。他有預感這是某種不祥的開端，而且也猜中了。隔天上午，崔和權始終對正在更換流理臺鉸鏈的他視若無睹，彷彿他是隱形人。不到中午，崔就出門了，一直待在房裡的權，下午也換上衣服出門了。聽到玄關門關上，走下階梯的腳步聲逐漸走遠，心中反倒放下一塊大石。

他摺好晾乾的衣物，準備好遲來的早餐獨自享用，接著大致整理好流理臺的置物架和玄關。他打算只做這些，但伸手觸及之處持續有灰塵和垃圾跑出來。在擦拭地板、擠出泡沫刷掉汙垢時，他暫時忘了自己的處境，這也讓他的心情輕鬆起來。最後，他把家中可以稱為門的部分全部打開，正式開始大掃除。

善後完畢，走出家門時已接近傍晚時分。

他走出員工宿舍，往大馬路的方向走。時節已完全進入夏季，翠綠的氣息甦醒，田野充滿蓊鬱的綠意。他走在被遺忘多時的四季分明之中，經過兩座橋面寬敞、光線晦暗的通道橋，遠處沿河矗立的低矮大樓露出了身影。他佇立於有老舊鴨子船載沉載浮的碼頭前，一陣溽暑熱風吹拂而來，來回踱步時，朽木互相交錯撞擊，發出嘎嘰聲。有幾艘鴨子船嘎吱嘎吱地朝河邊前進，他思索起這種小城市所帶來的某種安定與靜謐感，卻認為自己的處境與這種安穩從容八竿子打不著，自己的人生不會有這種東西。

他這輩子從不認為自己是個特別或有魅力的人，也不曾貪求得到周圍的注目或欣羡。儘管如此，他並不認為與親近的人建立關係、交心，維持純樸簡單的生活有多難，但不知從何時開始，內心的某些部份似乎停止運作，他不禁產生疑問：是不是它已毀壞到無法補救？

崔和權直到夜深才回家。家裡已煥然一新，洗手間地板潔亮無比，每扇窗戶乾淨俐落地裝上新紗窗，最重要的是，凝聚在家中的惡臭消失了，呼吸起來輕鬆許多。儘管如此，卻沒人提這件事。當他發出任何動靜，他們就會很不爽地轉身，當他想說點什麼時，又會像是想甩開他般，頭也不回地走進房裡。

最後，他打定主意敲了崔的房門，沒有任何回應，反倒是一直聽見的低沉說話聲戛然停止。他打開門走了進去，坐在崔旁邊的權率先起身。他擋住了打算走出房問的權。

「為什麼這樣，好歹也讓我知道原因吧。」

權別過頭，嘴巴緊閉，回答的是慵懶地斜躺著抽菸的崔。

「做什麼？這件事幹麼問我們？」他的語氣聽起來很不爽。

他試著說服兩人，同住一個屋簷下，彼此針鋒相對太辛苦了，要是有任何不滿，溝通解決不就好了？得到的卻是很冷淡的反應。

「您以為我是想和別人稱兄道弟才來這裡嗎？我看起來有這種閒情雅致？」崔瞪大眼睛。

他克制自己想站起來的衝動，又說了一句。「我總要知道原因吧？不說我怎麼會知道？一起生活久了……」

他說到這裡時，權開口了。「您沒有必要知道，也沒辦法知道全部。要是覺得受不了，辭職不幹就好，不想做就離開，反正您不也只打算暫時待在這裡而已嗎？」

他還想再說些什麼，權卻頭也不回地走出房間。崔依然躺在那兒瞪著他，他只好離開房間。那天晚上，他對那兩人徹底關上了心房。必須說的話就寫在紙條上，他們也這麼做。他放在流理臺的地瓜和玉米，始終沒人拿，直到長出了灰白的黴菌。

就這樣過了約莫兩星期，他收到第一張警告單，內容寫著由於顧客抱怨頻頻，有損公司的形象和信賴，請他多加注意。

#

先前新聞曾短暫報導不動產市場的暴跌和利率上漲，而對此的憂慮也在八月成真了。同一期間，他被停職，隸屬的單位從設施一組改為業務支援團。隨著調職，薪水也被砍了兩次。

到了早上，他匆匆離開員工宿舍，走路到分支局舍。由於崔和權近乎露骨地表示不想和他同行，所以天一亮，他就只能逃到外頭。到分支局舍需要走半小時，走著走著，他會覺得自己站在一個龐大的擂臺中央，有個人用卑劣齷齪的手段將他叫來這裡。每天早上他都有種錯覺，彷彿正注視著看不見的對手，等待尚未開始的回合，而他與這般滑稽的自己並肩走著。

「這個嘛，不然您要去發傳單嗎？」

在他鍥而不捨地要求工作之下，原本告訴他只要上下班記得打卡就可以的局長這麼問。肯定是認為他會像其他人一樣最後打退堂鼓、打包走人。但他不想像其他人一樣，在辦公室附近探頭探腦，時間到了就去吃午餐，吃飽就等下班，不想任由自己處於不做事卻領薪水的嘲笑與自嘲中。

他在大樓商店街繞了一圈，在破舊的公寓階梯爬上爬下，逐一貼上廣告傳單。

挨家挨戶回收舊數據機，計算電信柱位置，一一記下電波的強度。他將自己做的事具體記錄下來，把報告上呈主管，一天也沒落下。那是他被賦予的一整天，而他想要呈現自己是如何度過。明知那份報告沒被任何人審閱就直接報廢了，但他依然這麼做。

「你還好吧？公司也沒說要你待到什麼時候吧？這些人，真是太過分了。」

在他連續被減薪兩次，卻沒有多加說明時，海善仍小心翼翼地問起他的近況。但又過了一個月，那些小心翼翼全收了起來。某一天，她具體提起了收支項目，還有一天冷靜地列舉他們夫妻倆在一個月後、兩個月後、一年後要面對的事。

「我不是跟你說過鐵路局在徵人的事？好像是有認識的人去打招呼了，對方說只要你願意，想看一下你的履歷。你要不要拿給人家看看？」

某天很晚的時候，海善又打來問起這個提議，但他已經拒絕過好幾次了。見他不說話，海善說：「只是給人家履歷而已，又不是什麼難事。突然無緣無故派你到那種地方，一下叫你做這個，一下叫你做那個，還砍你的薪水，這不就是要你走人嗎？俊武的爸，反正你在那裡也待不了多久，繼續這樣下去，要怎麼過日子？」

好像有人來到客廳。他聽見冰箱打開的聲音，接著洗手間傳出了水聲。他望著房門，壓低音量。

「為什麼又提這件事？」

「你是為了退休金嗎？就算少拿一點也沒關係，沒有也死不了。我們是為了生活才工作，又不是為了工作生活。」

海善抬高音量的聲音傳到了話筒外頭。他表示從過去到現在做的這件事才是自己的工作，沒有心思去做別的。他沒有信心再像剛開始那樣對某件事全心全意，也沒有信心花時間和努力去學習、熟悉新事物。換句話說，他對公司的期待，是賦予自己應得的東西，他所企盼的不過是尊重與理解、感謝與禮儀等看似遙不可及，實則非常理所當然的東西。

「我也不是不懂你的心情，不過你也知道，又不是一兩個月，這情況會持續下去，明知不可能，還死纏爛打做什麼？」

表面上看來，他的生活沒有太大改變，他和妻子都在工作，也有積蓄，只要減少支出，再怎樣都能過下去。也就是說，折磨海善的不是今日，而是尚未到來的明日。無法應對明日的現實，擔憂無法事先做好準備的恐懼追趕著妻子。一旦察覺到有一丁點不安的徵兆，它的身軀隨即就會擴大為恐怖感，席捲並吞噬一切。也許此時他所對抗的，其實是那些沒有實際形體、時時擾亂自己的情緒。

因為他總是默默不語的聽妻子說，兩人的通話每次都在沒有結論的情況下結束。

包圍著他的一切均指向同一個方向。他不懂自己為什麼還想做這份工作，為什麼每次都嚥不下這口氣，非得弄到不見棺材不掉淚的局面。他想知道，把自己逐漸變得像另一個人的東西，它的真面目究竟是什麼。

直到半個月後，裁員傳聞開始滿天飛，他才隱約有了感覺，為什麼崔和權對自己如此冷淡。局長大咧咧地將離職二字掛在嘴上，在他和黃女士面前尤其露骨。一星期後，黃女士決定離職的消息傳開了。

幾天後，星期三早上，走出辦公室的黃女士大吼：「過去把人當狗看待，完全不放在眼裡，搞得好像我是殘廢，你們很高興吧？表面上假裝把對方當人看，實際上當別人是幽靈，在這裡的你們都半斤八兩，只因我是女人就小看我。難道就只有你們是一家之主嗎？我也是一家之主！為什麼你們就必須留下來，而我被趕走也無所謂！知道我每天晚上有多想來這裡放火嗎？只要放把火，大家就可以同歸於盡了。你們還算是人嗎？要懂得羞恥！你們比公司更惡劣，一群禽獸不如的傢伙。」

他與黃女士在鐵梯中央撞個正著。他點了一下頭，打算直接走過，但黃女士將他的身子轉向自己，和他四目相交。

「喂，我的工作我也是很拿手的。要說諮詢，我說第二，沒人敢說第一，過去領的獎狀多到數不完。我也有所謂的專業知識，也有技術，可是來到這裡後，卻成了什麼也不會的傻子、廢物。這為什麼要怪我？這是我的錯嗎？難道不是那些硬把我丟在這裡，讓我當傻子、廢物的人的錯嗎？」

後來，他無數次想起黃女士的那番話。儘管用字和語句稍有不同，當時女人的表情和語氣卻歷歷在目。這時，他就會想，問題就出在自己沒多想就出手協助黃女士。他無法否認，是自己做了無法扛起責任的事，導致他和黃女士都陷入了困境。

#

宗圭的路祭舉辦在九月。

當天他也在場，那是宗圭十幾年來每天上下班的路。四線道的兩側下方是水波盪漾的河水，由於允許隊伍前進的那條車道幾乎被警察包圍，人群行走的速度更加緩慢。

他在罩上白色雨衣的人群之間走著。

幾把巨大旗幟帶頭，小小的旗幟、木牌、口號標語等跟在他的後頭，由八人扛著的格狀裝置位於隊伍中央，上頭有一個以白布覆蓋的木棺，被飄揚的旗幟遮住，木棺若隱若現。雖然下著雨，吹來的風卻滾燙潮濕，有時眼前會因柏油路面竄出的熱氣而變得一片迷濛。

隊伍依警察的指示暫時停了下來。

抬起頭，能看見對面車道緩緩移動的車輛，有人從車窗探出頭來查看這邊的狀況，也有車輛按喇叭以示煩躁與不滿。他望著翻湧的河水，萌生一種自己並不是靜止站立，而是慢慢被河水沖走的錯覺。

等警察給予信號後，隊伍便再次緩慢前進。

他被超現實的感覺籠罩，一次次拉起步伐。從某一刻開始，他聽不見喊口號的聲音，連走在自己身旁的人說話也聽不見，彷彿獨自一人。不，是從來都不曾知道的內在依序冒出來與他並肩走著。只要轉過頭，就會看見許久前的他、從不曾見過的他，甚至曾以為自己不可能成為的那種人，也怔怔的望著他。

忠實於自己應當守護的一切的人生。

他所看到的，也許是一種領悟，意識到自己的人生對某人而言是何等冰冷殘酷。

隊伍一直走到宗圭值勤的分社大樓附近。宗圭工作的地點位於公司後方，由於公司相關人員來到了十字路口前，拚命阻止隊伍前進，所以隊伍停留的時間不到二十分鐘。

「一群王八蛋！」他朝注視隊伍的員工咆哮。

「這是違法的，請退後。」

最後，他終於忍不住朝如此大喊的一名員工撲過去，試圖揪住對方的衣領。要不是身旁的人阻攔，他也許會完全喪失理智。人群搭上車前往墓地時，早已過了中午。

他想像著宗圭縮成皺巴巴的佝僂軀體。宗圭在幽暗狹小的木棺中，不，也許那裡頭根本就沒有什麼能稱得上是宗圭的東西。他記憶中的同事宗圭，如今已經什麼都不剩了。

宗圭被埋在自己父親安眠的祖墳中。木棺被放進挖成長條形的洞窟中，他也像其他人一樣，依序等待輪到自己，鏟起一鍬土放入後，他往後退了幾步，愣愣注視裝著宗圭的長條木棺被泥土層層覆蓋。人們依序朗讀事先準備好的臺詞，說話聲忽大忽小，其中參雜了啜泣聲。

他感覺不到任何情緒。悲傷、失落、憤怒或剝奪感等情緒，反而接二連三地遠離自己，彷彿只有自己，被籠罩那個地方的情緒隔絕在外。

隔天早上回到分支局舍，等待他的消息是昨天請的假沒有獲准。局長說，這算無故缺勤，之後會收到警告單，而他已經收到兩次警告了。

「法律不是保障一個月能請一次年假嗎？」他說。

局長則用生硬的語氣反問，參加工會活動怎麼能算是私事，大家聚在一起，憤慨激昂地抨擊公司的場合，怎能看作是一般人的普通葬禮？

「誰說的？什麼大家在那裡抨擊公司，是誰說這種話？」

「重要的不是我怎麼知道的，請您辭職吧，以現在的條件不算差。您不也知道？簽下更糟條件的大有人在，我也得過日子嘛，拜託您救救我吧，我也痛不欲生啊。」

他什麼都沒回就離開了。

第二天，他的姓名已從打卡名簿中刪除。他以等待分發的狀態多等了幾天，與人事負責人的通話一再延宕，直到星期五，局長告訴他可以不必來這裡上班了。接著，他收到週末前要把員工宿舍空出來的通知。

他感覺不到能稱為情緒的東西。無論是對自己或他人，都再也找不到靜靜湧現、搖曳的心情起伏。他停止了對自己與他人的憐憫與同情，就連能改變什麼的信念或可能性都拋下後，始終在內心澎拜的情緒也逐漸平息了。

那一週，他像是要解決拖延多時的作業般，打了通電話給母親。雖然是為了商量姪子尚昊的問題，但有好一段時間，他只是靜靜聽母親說話。直到通話即將結束之際，他才像是朗讀事先準備的臺詞般，簡略說明自己的處境，並明確表示自己無法幫助尚昊。話筒那端的母親不發一語，似乎受到了驚嚇。他從來不曾用這種方式對任何人說話。他又說了自己無法再負擔老家的維修費，剩下的費用必須交給大哥後才掛斷電話。

那是十月初的事。

4

直到翌年春天，他才和總公司的人事負責人見到面。

他加入工會，半年來以工會成員身分參加倡議與示威，在總公司前設立靜坐場地，和拒絕離職的同事持續抗爭，終於得來如此進展。四月底，法院才判決應讓工會分部長與部分工會會員復職。

「真抱歉，我們早就該跟您聯繫。」

負責人的態度很恭順，表現得就像不知道他與公司發生了什麼事，所以他也如法泡製。保障百分之八十的基本薪資、提供單一職務，但在工作期間，他並不隸屬總公司，而是外包廠商。儘管如此，負責人仍加了一個條件：倘若現場業務全數完成，就能重新回到總公司。他接受了。負責人仔細確認他帶來的同意書、切結書、入社申請書、家庭關係證明書等，接著建議他要往好的方面想。

前往新分發地點的幾天前，他去了太太娘家一趟。

多戶住宅以賤價脫手後，和海善就經常意見不合。原本對話還很冷靜，中途卻越演越烈，走向了死胡同。兩人會拉高嗓門，不然就像在互相較勁般講出不該說的話。每一次俊武都會將音樂放得震天響，或用力關上房門，好讓他們知道自己還在。一陣騷動後，俊武像是對他視而不見般走過，他似乎從孩子的表情中，逐一準確打撈他心中的情緒，而那令他心痛。

一見面就免不了吵架，所以海善開始躲到工作的地方，或往娘家跑。雖然離家不到一天，但他的內心自然不可能好過。某一天，他不免感到失望，愁悶湧上心頭，最後萌生想要證明自己並沒有錯的好勝心。

「啊，是你啊，海善和她媽出去一會，大概等一下就回來了。」

平日下午守在家的是岳父。岳父緩緩打開門，以小心翼翼的步伐再次走向沙發。由於一雙腿被護膝纏得緊緊的，看起來很像白色高粱桿。他在沙發一角坐了下來，問候岳父的健康狀態，聽到簡短的回答後，就再也沒話可說了。家裡十分靜謐，假如沒有電視的噪音，恐怕連時鐘秒針的聲音都能聽得一清二楚。

「聽說你們賣掉了那棟房子。」

過了很久，岳父提起多戶住宅，目光卻依然放在電視上。他只回答說對，沉默籠罩在兩人之間，半開的陽臺窗戶外偶爾能聽見狗叫聲與孩子的說話聲。他試著解釋為什麼只能這麼做，打算吐露自己雖然被都更、重建那些話術迷惑而買了那棟建物，但再也沒有餘力去維護那棟即便是下一秒倒下、也沒人會奇怪的老舊建築。

「你這麼做一定是苦衷吧。工作還好嗎？」岳父轉過頭來望著他。

海善不可能鉅細靡遺地道出家裡的事，他的個性也不會去臆測沒說的話，再把它說出來。儘管如此，面對岳父彷彿對一切了然於心的雙眼，很奇怪，他有種鬆口氣的感覺。他透露自己會去地方小城市，目前不是隸屬總公司，而是以外包廠商的身分在那裡工作，甚至還說了沒有固定的工作期，雖然公司有附帶條件，表示完成工作就能回總公司，但也不知道會不會兌現。

岳父很沉著地聽他說話，像是無論他說什麼，都已經做好聆聽的準備。岳父的態度多少帶給了他慰藉。

「要放棄很不容易吧？」過了很久，岳父問道。

就在他極力辯解，什麼都還不確定，所以也別無他法的時候——

「要辭職早就辭職了吧，嗯，這世界已經改變太多，和我工作的時候又不一樣了吧。是啊，人生總會有一項無法放棄的東西嘛。」

岳父說，自己也有幾次放棄木匠工作的機會。大約三十歲時、過了四十歲，每當聽到這些話，眼前就彷彿浮現了未曾見過的岳父的年輕歲月。岳父悠悠地望著陽臺一會，說自己雖然因為痛恨木工而幾度轉身離去，卻只能再次回頭，做檢查、刨削、裁切木頭、與木頭為伍的工作。

午後的陽光湧入狹小的公寓，老夫婦居住的簡約家中一片明亮。他掃視彷彿只擺放了必需品的屋內。物如其人，所有物品均堅守崗位，井然有序地擺放。他短暫思忖著，在獲得這種靜謐與安定前，岳父與岳母必須承受的某種時光。

「很稀奇吧，工作這種玩意，一旦上手了就不容易改變。豈止是工作，也要多接觸人群、多見見世面啊。最近膝蓋痛得厲害，我也會想，要是做做其他工作不知道會怎麼樣。」

那天晚上，他在那裡吃完晚餐，和海善一起回家了。

他感覺兩人之間自在柔和了一點，但似乎仍有一面看不到的牆擋在中間。隔天一早，他才說自己會好好努力，想再相信公司一次。海善從頭到尾都把頭轉向另一邊，彷彿什麼話都沒聽見，默不吭聲。

他也知道，那是始於死心與放棄，一種無可奈何的同意。

#

78區1組9號。

他被賦予了一個由數字構成的隸屬單位與編號。

車程超過四小時所抵達的地方是郊區的小鎮，可看見村莊的雙線道車水馬龍，原因在於帳篷占據了馬路。罩上藍色防水布的帳篷底下，身穿花花綠綠的衣服的人群和三、四名警察聚集著，似乎起了口角，鬧哄哄的聲音甚至傳到了他這裡。

他搖下車窗觀望了一下，有些車輛橫越分道線調頭，也有人乾脆下車，拉高嗓門表示不滿。他繼續待在車內，同時感覺到從柏油路面竄起的熱氣。警察巴士過了四十幾分鐘才來。走下巴士的戰警將人群驅趕至一旁，又花了更多時間清出能讓車輛通行的空間，原本動彈不得的車輛開始緩慢移動，他也配合警察的手勢稍微提高了車速。

「你是誰？」

在村莊入口，有個老人擋住了他的車，他搖下車窗，簡單地說有事要辦。

「有事？什麼事？你是新來的員工吧？你來得正好，我們絕對不會讓公司的人進去，不管是記者或警察都一樣，全都不需要，立刻出去。」

老人用拐杖敲打引擎蓋，發出鏘鏘聲，接著又來了兩名年輕人。人群包圍他的車輛，大聲叫囂。三、四名警察追了上來，將那些人拉開。而他一直坐在駕駛座上，一動也不動地望著前方。

最後開出了一條路，一名拿著無線電的警察高喊：「讓他過去！喂！我說讓他過去！請回去，回去！」

開進勉強讓一輛車通行的道路，兩側隨即看到一望無際的稻田。遠處彎下腰桿的人們幾乎下半身全泡在水中，在水田裡走來走去。芥菜的嬌嫩秧苗，在微風溫柔的吹拂下輕輕搖曳。

員工宿舍的入口就位於穿過村莊、前往後山的路上。那是用廢棄韓屋平房維修改裝的房子，從遠處看去也覺得老舊。他將車子停放在寬敞的院子角落，卸下行李，蹲在水槽清洗辣椒和小黃瓜的人起身向他打招呼。

「您早到了呢。大家就這樣乖乖地讓您進來嗎？今天聚集了不少人呢。您有蚊香嗎？每次都想著去鎮上時要買一個回來，卻老是忘記。」

他從車上取出行李箱打開，將蚊香和常備藥品遞給對方。

男人拉高嗓門說：「您真細心啊，連這些東西都帶來了。託您的福，今天晚上可以好好睡覺了。喂，三植，三植！我們今天能睡好覺啦。」

院子後頭又走出一個人，是名個子矮小、體型圓滾滾的青年。青年一拐一拐地走過來，才剛和他對上眼神就說：

「啊，我、我發生了什麼事嗎？幾年前，我從、從電線桿上掉下來。我、我是上去拆除線路的，剛好有個瘋子開卡車過來，撞、撞到了我。說、說是沒看到我還是怎樣，後來才知道，那、那個人喝得酩酊大醉。不過真的有蚊、蚊香嗎？上、上次我本來打算訂、訂貨，但對方說這裡是鄉下，要、要累積一定的數量，才可以配、配送到府。」說到這裡，青年重重地吐了口氣。

青年在涼床上打開一張桌子坐下，蹲在水槽的人拿來洗好的辣椒和小黃瓜。昨晚就煮好的米飯有股微酸味，不知從哪裡買來的小菜又鹹又辣，讓人毫無食慾。他剩了一半以上的飯。用餐結束後，青年泡了三杯冰咖啡。

他將咖啡一飲而盡。「你叫作三植嗎？」

「啊，不、不是我的名字，是因為我是3、3號，所以就叫我三、三植。這位大哥是7、7號，所以叫七、七哥。」

3號回答後，旁邊的7號又說了一句。

「您隨意叫就好，反正號碼都是公司隨意取的。聽說這村子的員工會被編到10

號左右，也不知道是真是假。總之，隔壁社區是從12號開始，那裡也有幾棟員工宿舍，再隔壁的社區也有，但不知道有幾個人。不過，這裡總共蓋了幾座？我是說基地臺。」

「一開始說兩、兩座，後來說要再多蓋一、一座，然後又多蓋、蓋了一座，這樣總、總共是四、四座嗎？總之沒、沒有超過五、五座。是嗎？總、總公司來的那、那傢伙是這樣說的。」

「你又來了，什麼那傢伙，我叫你說話要小心。」

公司正在村子後山蓋基地臺，他知道的只有這些。表面說是蓋了就算碰上災難也會屹立不搖的手機基地臺，但大家都知道，這是為了奪得先機，一舉獨占那一帶的通訊生意。

天很快就黑了，吃驚的是，近處響起了牛叫聲，有時還能聽見鳥啼乘著夜間涼爽的空氣，從遠山傳來。直到夜色漸深，他才能和7號一起回到村裡，他們逐漸擴大半徑，在員工宿舍周圍繞一大圈。

「有看到那裡的天線嗎？那是活動中心，很多外來的人會去那邊。有記者、市民團體，有陣子還有志工，最近卻門可羅雀。有看到那邊溫室前的住宅吧？那裡是年輕夫妻的家，還有那一頭是里長的家。」

7號的聲音在黑暗中忽大忽小，音量似乎根據周圍的噪音而有細微的調整。

7號又解釋了兩次後，像是要確認般問道：「大致有抓到感覺了吧？」

鄉間的夜晚幾乎沒有任何燈光，使得建築物和住宅的形體色澤看起來都差不多，他很難準確掌握方向。

「你說那裡是活動中心吧？」

「活動中心是這邊，看好了，沿著那邊入口進來，不是在左邊嗎？另一邊呢？」

「年輕夫婦住的地方？」

「不是，那是里長的家，旁邊才是年輕夫婦的家。那間有重新施工，加蓋了兩層啊。看好了，那裡有陽臺，占地很廣。那旁邊呢？」

「好像說有誰死了。」

「對，不久前辦了喪事。原本是超過七十歲的夫婦住在那裡，但不久前爺爺過世了。聽說是發生意外還是得癌症，總之就是這樣。」

又這麼重複三、四次後，那天的行程才告一段落。

7 號說，清晨就要開始工作，叮囑他早點休息就進了房間。三個房間沿著能看到院子的廳堂並排在一起，房間卻極為狹小，關上門後有種窒息感。但打開門會有蚊子飛入，所以很難入眠。雖然點了蚊香，卻絲毫不見效果。

最後，他拿著薄被來到廳堂，從山上飄落的凌晨空氣既冰涼又清爽。

「怎、怎麼了？覺、覺得很悶嗎？那請在這裡睡、睡吧。我、我剛來的時候，也都睡、睡不好。不過，想到冬、冬天還算好的，因為這、這裡不太開暖、暖氣，真的很冷，也、也不知道社區的人什麼時候會闖、闖進來。」

搭好簡易蚊帳，躺在廳堂的3號往旁邊移了一點。原本打算只簡單聊個幾句就要進房去，對話卻進行得很緩慢。3號說自己在這裡工作超過了八個月。3號約莫三十五歲，未婚，在他看來，除了這裡，應該還有很多其他機會。

「現在還年輕，學習做其他工作應該也不壞啊。」他只這麼說。

接著，3號說自己沒想過其他工作。先是時間不夠去學習、準備什麼新技能，又說自己沒錢，最後才喃喃自語說，其實已經很久沒想這種事了。

「其實我、我沒什麼自信，就、就連話也講、講不好，有誰會、會用一個跛、跛腳的殘、殘廢？公司說這裡的工作順、順利結束後，就、就會派我到離、離家近的地方，再怎樣也要忍、忍下來。」

假如某處有一隻狗在吠叫，四處也會跟著響起彼此起落的狗叫聲。3號咯咯笑說，幾個月前被狗咬了，是某個老人放狗來威脅他。

「被狗咬還、還比較好，這裡的人也會亂、亂咬人。明天上、上去看，您就會知、知道了。」

遠處的半山腰燈火閃爍，他邊摩娑手機，邊傳了封簡訊給海善。過了很久，才收到要他三餐按時吃飯和保重身體的簡短回覆。

#

他接到的第一個任務是將草木叢生的半山腰剷平，清出放置貨櫃的空間。這項工作需要操作裝備和機器的技術和專業知識，而且也如他所願，不需要與人交手。

翌日天亮前，三人就前往半山腰。

那是在半夜燈火閃爍之處，因為肩上揹著裝備，很快就全身發熱，汗水沿著背脊流下來。通過柏油路後，從那裡開始就是泥濘路了。7號帶頭，他和3號緊跟在後，三個水瓶轉眼間就喝光了。

「這還是上個月已經開了路了。引進重型裝備時，也是我們親自負責封路打地基的，你沒聽說嗎？」

7號走在前頭，偶爾會停下腳步等另外兩人。天空很快就露出魚肚白，原本晦暗的周遭明亮起來，茂盛的草叢也往上竄出熾熱的溼氣。

半山腰有兩間罩上防水布的小屋。小屋前停放了一輛龐大的堆高機。背對小屋的人群，和背對堆高機的警察互相對峙。到了上午，扛著攝影機和不知來歷的人持續聚集，後來因人潮過多，窄小的山路幾乎沒有可踩的空隙。穿著工作背心的他與同事按照總公司員工的吩咐退到山路旁，等待指示。

「請讓開、請讓一下。」

儘管大聲公傳出警察的警告廣播，有十來個居民的反抗卻很激烈，那些人的吶喊甚至有些震耳欲聾。面對這種騷動，7號依然準確無誤地堅守自己的崗位，該準備的東西一個都沒落下。

「請過來這裡，三植你也站在我後頭。」

他按照7號的吩咐做。雖然過去新聞上閃過的畫面就在眼前上演，他不再感到驚慌，只想著要好好完成今天負責的工作。無論那是什麼，都要準確、迅速地完成。

「都到了嗎？請數一下人頭。」許久之後，拿著無線電四處移動的工頭下了指示。

有人快速掌握了員工的單位與人數。人群一下蜂擁而上，他幾度差點失去平衡，於是他壓低腰桿，降低身體重心。全身已汗水淋漓，每次移動身體，汗水都會沿著肌膚流下。

直到過了中午，才接到具體的作業指示。

「來，第一組到第五組！進去吧！出來！我叫你們到馬路上！」

工頭高舉紅色旗杆，警察高喊著口號，推開居民。喊一的時候推，喊二的時候把人群推開一步，頑強抵抗的居民也越喊越大聲。

「從第一組開始進去，請戴上安全帽。安全帽！動作快點！」

他和7號、3號及其他組員組成隊伍，站成一列，試圖朝小屋突進。

「來！我叫你們趕快進去！沒時間了！快點！」

警察推開居民的這段時間，出現一條狹窄的通道，但好不容易才生出的一條路很快又消失了。才擠出一條細縫，後頭就完全堵死了。腳步聲互相碰撞，因糾纏在一起而打滑，他也好幾次連同身上的裝備一起摔倒。咒罵與高喊從頭頂傾盆落下，有時還沒聽懂在說什麼，雞蛋、土堆和小石子就飛了過來。他用手掌抹掉黏在工作褲上的蛋液與泥土，迅速站了起來，出於本能的將裝備改揹到胸前，壓低姿勢。

這種情況是他沒有預料到的，但他仍緊閉嘴巴，全心想著要往前進。他讓雙腳行動不便的3號走在自己前頭，用身體的重量用力推。

「好，上去吧，上去，我們一起上去。」他的口中噴出粗重的氣息。

那一刻，除了自己奮力前進的兩條腿、逐漸發熱的呼吸聲，和圍繞全身的熱氣，什麼都感覺不到。其他人全都消失了，聲音和背景也消失了，彷彿只有怎麼樣都爬不上去的陡峭山路和自己存在。

第二天，氣溫飆到了三十七度。

居民、公司與公務員預定在上午召開公聽會。昨天沒能成功拆除小屋，今天收到了務必拆除小屋的指示，所以包含他在內的員工要比昨天更早上山。一來到小屋附近，就看見率先抵達的其他小組與留守的三、四名居民起了口角。

其他員工阻止居民時，他移除了引進山澗的抽水機，拆解了發電機，然後走進小屋，將卡式爐、砧板、鍋碗瓢盆、收音機和塑膠白板全掃進垃圾袋，收起覆蓋小屋的防水布和幾條棉被。最後拆了每次開啟都會發出嘰嘰聲的小門，終於才能逐一拔下固定在地上的鐵支架。

3 號和 7 號在挑選拆除後的支架和可用的東西，放進布袋，他則發動電鋸，把四周茂盛的雜草叢和樹枝清乾淨，那裡預定要放一個貨櫃。

把地面整平，在那一帶設置好有高度的圍欄後，那天的工作才算結束。過程出乎意料的順利，他甚至產生為什麼公司會給他這種工作的懷疑。照這情況，搞不好工作很快就能結束，自己也可以復職了。不，搞不好現在他的動力就是公司說要讓他復職、回到總公司的承諾，但他為了避免自己去想這些，更專注於工作。工作時，能讓動搖自己內心的某些東西沉睡。也許對他來說，如今工作已成為為了抹去、遺忘什麼的某樣東西。

#

幾天後，居民趁半夜偷襲闖入。

才剛覺得有鑼聲逐漸逼近，不知不覺中，這些人就已經進入院子，發出活像是要拆掉整間房子的噪音。在車內假寐的他走到外頭時，院子已經被大聲公與謾罵聲占滿，讓人耳朵發疼，還能看見矮牆另一頭又來了三、四個人。

「把小屋還來！這些傢伙！是誰讓你們像個賊般跑來把它拆除的？以為我們是白痴嗎？」

「真、真是快被搞瘋了，為什麼又、又這樣？不管怎、怎麼逼我們都沒、沒有用。」

睡在廳堂的3號最先跑到院子裡，7號則像是早就對這種騷動司空見慣，打開房門後仍只站在遠處觀望。

「明知故問嗎？不就是你們把別人的小屋弄成廢墟，居然還睡得著？」

因為多半都是上了年紀的人，也沒有任何威脅感，但他們蠻不講理，人數也太多了。只要制伏了一人，又會有別人敲鑼。他盤算著奪走他們手裡的東西，人們卻開始不由分說地拉扯他的身體。

「這些傢伙！為什麼碰別人的東西！我們有碰過你們的東西嗎？你們就只寶貝自己的東西，不懂得別人的東西有多珍貴。把小屋交出來，快交出來！」

居民們奮力掙扎，避免手上的東西被搶走，看到什麼就抓起來丟，而他必須徒手對付他們。最後，3號搶走了大鑼，他則將小鑼和大聲公搶過來。3號搖搖晃晃地退後，眼睛周圍紅腫了起來，手背也留下抓痕。淺淺的血絲從抓痕滲出來。

「請、請冷靜，請、請別這、這樣。」3號哀求，幾乎是一把抱住了撲上來的老人。

「冷靜？怎麼冷靜？你想想，如果是你父母要住在那電波底下。住了一輩子的村子都要變成死城了，有哪個瘋子能冷靜？」

「不是嘛，那、那要怎麼辦？上、上頭叫、叫我們做，就得做啊，我、我又有什麼權、權力？」

「好，那上頭的是在哪裡，我問你在哪裡！」

最後，7號終於走進院子。

「我們怎麼知道，我們只是員工，是領薪水做事的，幹麼跑來這裡大吵大鬧啊！」

「來啦？好，很會說嘛，那把叫你們做事的傢伙帶來，讓我們看看那傢伙的臉。這些傢伙！只要說是上頭吩咐的就好了是吧？上頭吩咐的，是誰吩咐的？你們這些傢伙是沒有眼睛也沒有耳朵的殘廢嗎？為什麼別人叫你們做什麼就做！」

他打開駕駛座的門，按了三、四次喇叭，不停狂按到人群安靜下來為止。他說村子後山是公司私有地，在私有地蓋小屋是非法行為，也未經許可，當然要拆除。

「私有地？非法？那在別人的村子擅自蓋了好幾座醜陋的基地臺，就不是非法嗎？」

他還沒說完，有人用指尖戳了戳他的胸口。後視鏡碎裂的聲音響起，不知道用什麼亂砸後車廂和車身的聲音乒乒乓乓，他拉開貼在車子旁的人群，甩開撲向自己的民眾。他不想把事情鬧大，但居民的氣勢絲毫不減，疲勞與倦意讓他的神經越來越緊繃。

最後，他拉開喝斥3號的老人，用力推了一把。

老人失去重心，往後連連退了幾步，摔了個四腳朝天。為了檢查老人的傷勢，人群的騷動一度中止。他把掉在地上的鑼和大聲公都丟得遠遠的，抬頭挺胸正對著群眾。「殺人啦！」慘叫聲傳了出來，人們又開始大呼小叫。在他看來，他們再也不是手無縛雞之力的老人家，也不是純真善良的村民。

他們是他必須處理的工作之一。

「好啊，你沒爹沒娘嗎？是你父母教你這麼做的嗎？他媽的，狠毒的傢伙！」

他低聲呢喃那些衝著自己來的話，瞬間好像真的成了惡人，但就算這樣，自己好像也不痛不癢。他心想，就算成為比那更糟、更惡劣的人也無所謂，也找不到任何理由阻止逐漸變得殘暴的自己。

「請、請住手，停、停下來，警察來了，我說警察來了，請、請住手。」

直到3號在後頭使勁抱住他，他才猛然停在原地。警燈在院子另一頭閃爍，兩名警察抖了抖帽子，走進院子裡。他調整呼吸，佇立在原地，面紅耳赤得無法好好睜開眼睛，全身因汗水而濕透。警察與居民對話時，他蹲在水槽旁洗手，也洗了把臉，包圍全身的熱氣卻沒有快速消散，反而變得更滾燙，彷彿碰到極細微的刺激也會爆炸。

他像是想找碴般全神貫注地盯著地面，下水道口的縫隙卡了幾條泡麵和菜葉，他按住橡膠水管的出水口，開始猛烈噴水。他很想繼續和群眾拉扯、推擠、互嗆，直到氣力耗盡，那麼也許就能暫時遺忘自己，遺忘觀看這一切的自己，遺忘以為不可能會是那種人的自己。也許當自己筋疲力竭時，就能獲得暫時的平靜。

當天晚上，他停止思考自己是什麼樣的人。他下了一個結論，就是再也沒必要苦惱這些，重要的價值似乎一個也不剩了。

「有什麼做不到的？當然什麼都能做，就是試到可以為止。」深夜，他結束小鎮派出所的施暴調查回來後，對3號如此說道。

所謂的工作，就是每天反覆進行令人厭惡的相同流程，藉此學習技術、熟悉專業知識並增強實力，這樣就夠了，沒必要去思索它的本質或價值。

他決定不再想其他的了。

#

那一年的夏天，雨下得很少。

烏雲密布，似乎即將下起雷陣雨之際，又不可思議地放晴了。在夏旱持續的期間，他與居民反覆進行相同的對抗，重新建起的小屋拆了又拆。烈日炎炎的大白天、拂曉之際、傍晚時分，扯下防水布，拆除支架，把地面弄平後，隔天又會在另一個地方蓋起小屋。

到後來，必須在大半夜守山，阻止居民跑上來蓋小屋。村民有備而來，所以他和同事們的手上也總是得抓著什麼。拿起散落在周圍的建材或裝備後，能稱作禮儀、道義、人性的都被暫時遺忘了。村民也一樣，在黑暗中的驚恐眼神熠熠發光，這一刻，雙方似乎在較量誰更緊急、更迫切。

他不想輸，他想贏，也想盡全力達成，但他沒有想到自己面對的是一群老邁孱弱的老人家。當對峙越演越烈，絕不能輸的決心和好勝心壓倒了其他想法。

中秋節的幾天前，里長偕同一對年輕男女來到員工宿舍。

板著臉的里長站在一兩步之後，年輕人很積極地攀談，表示想找到解決之道，也想創造合理的方案。兩人沉著溫和的語氣與態度稍微緩和了7號與3號的防備心，而他只坐在駕駛座，透過後視鏡觀察兩人釋出善意的模樣。倚坐在廳堂的眾人對話逐漸變得柔和，但就算這麼做，也只是在不破壞彼此心情的界線上，用另一種方式反覆說相同的話罷了。

「只要將您知道的告訴我們就行了，反正兩位現在也不隸屬總公司嘛。這是匿名的，不用擔心，只要簡單說說，建造電塔時節省了多少經費，施工時間預計多久就好，不然直接把資料交給我們也可以。我們手上也要掌握一定訊息才能進行協商。」

他們想要公司內部資料，還補充說，再微不足道的情報都可以，並表示會給予些許補償。他彷彿沒有聽到這一切，一直注視著後視鏡。

「老實說，我們也不想做這種事，要是這裡的工作能早日結束，對我們也是好事一樁，誰想被綁在這鄉下地方？」7號說。

3號則幫腔，「只、只要有那、那些東西，就、就可以協、協商嗎？要、要怎麼做？」

最後，他走出車外，用力關上車門，把堆放在院子角落的工具箱拖來，呼喊3

號。

「別說了，還是來整理這個吧。別再跟那些人講些五四三，做好準備等夜晚上山還比較實在。」

「不、不是那樣啦，這、這些人……」

3號結結巴巴，7號替他回答，「不用這麼死腦筋，人家說有辦法，姑且聽聽，反正你我不都想離開這裡嗎？」

他不是不知道，7號是想藉由這種方式來避免對話主導權被搶走，只不過他的耐心在那時達到了極限，難以再坐視不管。無論是這些沒禮貌的傢伙不由分說就跑來要公司資料，又或是這愚鈍的兩人毫無忠誠度與責任感，只會乖乖聽他們說，就是因為這些人，才導致這裡的進度停滯不前，一切的一切都令他不爽。

「反正都是上頭做的事，我們有什麼決定權？只能聽命行事啊。我們都領人家薪水了，人家說什麼，我們就照做啊。」

他稍微抬高音量，開始大動作的翻起工具箱，把裡頭裝的東西全倒出來。鐵鎚、鉗子、老虎鉗、美工刀和螺絲釘散落一地。他又將水槽旁的電鑽、電鋸、按照大小整理好的刀、安全帽、護具和手套全都提過來。

「我叫你過來啊，總要做好準備，晚上才能上山啊。」

他拉著猶豫不決的3號來到院子中央。3號跛著腳跟過來，一隻腳拐了一下，上半身摔到地上。坐在里長旁的男人似乎受到驚嚇，連忙跑出來。

「不是嘛，您何必這樣呢？別這樣，好好說，有話好好說啊，師傅。」

他一把甩開呻吟喊痛的3號，問：「你們在這做什麼？」

跟在後頭的女人拉高嗓門。「您知道這附近已經蓋了幾座基地臺嗎？好，既然是上頭的指示，那就問一問上頭的人，假如是自己家人住的地方，還會這麼做嗎？就算是別人的吩咐，也總有自己的思考吧？請您客觀地看看，這符合常理嗎？是正確的嗎？根本就是叫這裡的人都去死。您認為在這種老人家居住的小村莊傳送高頻電磁波的行為對嗎？」

他制伏氣呼呼撲向自己的3號，同時頂嘴：「真羨慕啊，能夠只做對的事。」

3號的雙手被箝制在背後，掙扎著發出呻吟聲。女人瞪著他。

他挖苦女人，「這就是你們的工作嗎？好事、對的事，這是你們的工作嗎？薪水領多少？很多嗎？不管是多少，真羨慕你們能靠領到的錢生活啊，還能聽別人向你們道謝，稱讚你們優秀。」

女人一臉驚慌，但很快就露出隱約的蔑視。

「我跟你們說啦，我也不知道我做的是什麼工作，也沒必要知道。還要再蓋幾座基地臺，是蓋一百座還是一千座，高頻還低頻，我一點興趣都沒有。我是這家公司的員工，公司叫我做我就做，什麼都做，難道錯了嗎？」

站在旁邊的男人說，「師傅，大家都需要錢，但不是所有人都這樣活。」

他故意絆了3號的腳一下，又使勁推了他一把。3號失去重心，四肢在空中胡亂揮舞，很快的整個人就摔倒在地。

他指著抱住自己膝蓋的3號：「看好了，所謂工作就是這麼回事。知道他的腿為什麼變成這樣嗎？你們以為他是因為不會區分對錯才變成殘廢嗎？工作這種玩意，最後就會把人搞成這樣。好與壞，你們真的認為這些存在嗎？」

「所以才說要一起想辦法嘛。在國外蓋基地臺時會有詳細的說明手冊，我們只是沒有相關法律而已，只要大家一起協調、找出方案就行了。當然這件事肯定不容易，但只要大家稍微退一步……」

男人說到這裡時，他反問：「讓步？我要讓什麼步？你覺得我還有什麼可以讓步？」

「每天和上了年紀的老人家爭吵也沒關係嗎？不會很痛苦、很辛苦嗎？您又不是來這吵架的。」

他一把揪住3號的後領，強迫他站起來，接著拿出插放在後口袋的棉手套，替

3號的褲腰和襯衫的各處拍了幾下，當手套啪、啪拍打在衣服上時，空氣中頓時塵土飛揚。

「你們認為我是在和這村子的老人家吵架？我對和這裡的村民吵架一點興趣都沒有。快走吧，我沒什麼好說的了。」

發生這件事後，他成了村民眼中的大惡人，再也沒人期待他有什麼人道關懷或善意，所以他反倒輕鬆許多。3號和7號也不例外，那件事之後，3號甚至不敢和他對上眼。當他想說什麼時，3號就會反射性的躲開，有時逼迫居民時甚至比他更粗暴。7號在那天後則徹底閉上了嘴，有話要說時，就會透過3號簡短傳達要事，而他也這麼做。

#

有一段時間，工作進入了平靜狀態。

三、四個居民進行絕食抗議的報導播出後，他們在從員工宿舍能看到的地方搭起帳棚，立起示威牌，持續把與這件事不相干的人牽扯進來。記者來了，社運團體來了，宗教人士也加入行列，後來連不隸屬任何單位也毫不相干的一般人也來湊熱鬧，其中還有推著嬰兒車來的人。

每當他和同事打算離開員工宿舍一會，警察和居民的肢體衝突就越演越烈，小石子和垃圾直接飛進員工宿舍的情況也發生過。最後，從員工宿舍入口到山腳下為止設置了一整排的路障，確保能有條出入的狹窄通道。

他先做好用餐的準備，在水槽洗衣服，度過上午時光。白天他會巡視種植在員工宿舍後方菜園的生菜和辣椒幼苗，簡單解決一餐後，就躺在院子中央的涼床上。夏季已經來到了尾聲，太陽落下後，就會吹起十分涼爽的風。上午晾好的衣物到了傍晚左右就徹底乾透。到了晚上，他會坐在駕駛座上，將廣播放得震天響，新聞經常會報導一下村裡的消息。

強行蓋基地臺的公司，還有阻止這件事的居民。

大部分都是如此報導。

新聞中有柔弱善良的居民，以及窮追不捨地想說服他們的公司，卻沒有逼他必須扮大黑臉的公司，也沒有將員工宿舍團團包圍，等於是把他和同事關在裡頭的居民。對峙與調停、真心與說服等缺乏真實的用語所描繪出的情景，像是在講很遙遠的地方的事，他感受不到任何情緒。

某個下雨的午後，施工的指示驟然降臨。

工作內容是用塑膠布包覆囤放在堆貨場的鋼筋和建材，並將它們牢牢捆好。他和同事穿上作業服，戴上安全帽，從後門離開員工宿舍，但民眾很快就來了，揶揄與高喊聲接連不斷，馬路瞬間就被堵死。警察花了很長時間才將馬路淨空，由於人潮不斷晃動，蜿蜒的通道時而變寬，時而變窄。他和同事一下走、一下跑的，幾次差點滑倒，才好不容易來到山腳下。

他們和總公司派來的員工在那裡會合。

「我們已經把工程車放上去了，只要過去包裝建材就行了，知道要放貨櫃的地點在哪裡吧？」

一名員工具體說明了今天的工作。為了壓過周圍的噪音，每次發問都必須扯開嗓門，所以在他們正式上山前，他的嗓子就已經啞了。潮濕的泥濘路很滑，3號有幾次差點失去重心，他折下一支可以杵著走路的樹枝給3號，接著將3號的工具箱一把搶過來，揹在自己肩上。

停在山路的工程車共有三輛。

有居民已經先到了，他們占領了挖土機、推土機和堆高機，有人將固定於輪胎的鐵鍊纏在自己脖子上，也有人爬上車子躺著，就連車輛間的窄縫也有人擠在那兒，看起來險象環生。

「請出來，車裡的人請出來，這是警告，請你們出來。」

警察用大聲公一再重複，卻沒人有反應。光靠這幾句話，就以為那些人會乖乖出來的想法，反而更令人不可思議。

又來了更多人。

比起居民，有更多外來者。因為收到指示要他們待命，所以他和同事退到遠處，吃起公司提供的點心，閒聊的同時持續俯瞰山下動靜。與此同時，又來了更多人。最後，狹小的山路簡直萬頭攢動，有人抓著麥克風朗讀事先準備好的臺詞，但說話聲與警察警告民眾的廣播混雜在一起。喇叭傳出了雜音，無線電的聲音斷斷續續。

對峙持續到晚上為止。

一打開大型探照燈，四面八方隨即如白天般明亮，濕冷的風從山上吹拂而來。三、四個看起來像大學生的人最先回去，沒能按時吃飯的人群下山了，出現脫水症狀的人也離開了。有好一段時間，就像是有人一把一把拔走了人群，人數逐漸減少。直到帶著相機和攝影器材的記者也撤離，周圍才明顯安靜下來。

「請立即解散，這是警告，請解散，一分鐘後實施行政代執行[3]。」

直到過了午夜，警察才再次用大聲公警告。

他們肯定是在等人員減少與氣勢減弱的時機。接著，有人吹起哨子。那是訊號，警察跳進車底，用切割機截斷鐵鍊，開始把民眾拉出來。掙扎著不被拉走的民眾，以及試圖拉走他們的警察的聲響混雜在一起，還有東西被摔破的聲音。過了很久，員工才收到指示。他和其他組員快速奔向工程車後方的堆貨場，打開用塑膠布包住器材和建材，接著在那一帶再次築起整片圍欄。

後來才聽說，那天晚上大部分居民都以妨害公務的罪名被帶走了。

隔天早上，他聽到痛苦的呻吟，出去一看，發現3號蹲在那裡端詳廳堂下方。被薄薄防水布包覆的是一隻狗，毛上的泥巴已經乾掉，髒兮兮的，嘴角和四隻腳也黑黑的。見有人走近，小狗齜牙咧嘴地發出低吼。

「小、小狗一、一大早就在吵，我、我出去一看，發現牠掉進了溝渠。那、那裡不是有農田水利渠道嗎？就、就在那前面。」

小狗幾度想站起來，但很快就放棄似的趴在地上，後腿好像使不上力。他默默地吞下了「怎麼隨便把狗帶回來」這句話，也沒有說話的力氣，只要一開口，灼熱的氣息就會冒出來，令喉頭刺痛。他喝了杯水，回房間蓋上棉被躺下，全身像被狠狠揍了一頓般抽痛。他彷彿昏睡了過去，不斷發出呻吟。他被自己吐出的夢話嚇醒，心想著該起床了，卻每次都像是翻跟頭般，意識再次跌入睡夢中。好不容易打起精神走到外頭時，已經是三更半夜，家裡不見人影。他反射性地仰望牆外的後山，呆呆望著燈火通明的半山腰。

大家貌似又去了那個地方。他正打算調頭走向廚房，卻被嚇得往後退了一步，

---

3. 行政上的強制執行手段之一。行政單位或第三者代替履行行政法義務，並向義務人徵收費用的制度。

爬上廳堂的小狗一邊痛苦嗚咽，一邊抬頭望著他。

#

村子很小。

年輕人口外流後，村子就失去了生氣與活力，一切彷彿靜止了。站在廳堂就可以將整個村子一覽無遺。多少經過些許整修的房子均擁有相似的構造和高度，形成密密麻麻的社區。悠長歲月的痕跡彷彿包覆了整個社區，從遠處看去，他們住的房子及那些房舍所構成的村子，似乎都隨著居民緩緩老去。

幾天後，砂石車和預拌混凝土車開始進出村子。

如今，無論何時都能看到卡車噴著灰濛濛的煙塵，在窄小的路上奔馳。這場鬥爭的敗勢已定，但居民沒有退縮。一座電塔設好後，他們沒有死心，而是將矛頭指向下一個即將設置電塔之處。哪怕只能阻止十分之一、百分之一、千分之一，他們似乎也打算拚個你死我活。

某天午後，他拉著狗走出員工宿舍。

「您、您要去替牠找主人嗎？」

蹲在水槽洗作業鞋的3號回頭看他，他只是很敷衍地點了下頭。他打算今天絕對要解決這個問題。狗狗一瘸一拐地跟在後面，不斷摔倒。他抱起小狗，原本胡亂扭動試圖掙脫他的手的狗狗，最後也垂下頭乖乖任由他抱著。

「您不是牠的主人嗎？」兩天前的晚上，醫生對驅車前往鎮上動物醫院的他問道。

他說自己對這條狗一無所知，只簡單說明了發現狗的經過和緣由。

「哎喲，牠一定痛死了。您看到了嗎？這裡有點裂開了，變白的部分是骨折。不過這裡化膿的地方幾乎都好了，耳朵也很乾淨。」

確認X光片後，他仍只靜靜地聽醫生說話。說起動物，只有在他很小的時候，家裡曾養過兩頭牛，還有很久以前兒子幫忙照顧了一晚撿來的幼貓。他從來沒有和不會說話的動物有過任何交流，也不知道該怎麼對待牠們。

「不能放在這裡嗎？」

年輕醫生喀、喀點擊滑鼠，好一段時間沒有說話，之後低頭看著發出呻吟聲的狗狗，壓低音量。

「這裡是醫院，不能額外提供保護。其實，這種成年犬要領養也很困難。假如沒有人願意帶走，就必須讓牠安樂死了，這樣很可憐啊。我少收您一點治療費，不如直接養牠怎麼樣？今天必須打石膏，不然就養到拆石膏也好。您住這附近嗎？我看最近有很多人回鄉務農呢。」

他表示自己不是在地人，但是照這樣下去，不知道還要在這個地方待上多久。一年？兩年？他不禁想，假如是這樣，跟居民又有什麼兩樣？醫生用智慧型手機拍了幾張照片，表示會上傳文章到遺棄犬保護中心。他點點頭，輕輕摸了摸低聲呻吟的狗狗。他表示要去理髮店一趟再回來，但心中依然沒有打定主意。

「既然都來治療了，就順便接種吧。您不能直接走掉，一定要來喔，知道嗎？」

醫生先確認他的電話號碼，甚至檢查了車牌才讓他離開。

他去了市場，買了厚的絕緣手套和兩雙絕緣鞋，也打了通電話給俊武，但過了很久才接通。才心想著嗡嗡作響的音樂聲似乎越來越遙遠，這時響起了噹啷的鈴鐺聲，周圍變得很安靜。

「你在哪裡？聽起來好吵。」

「圖書室，和同學們來超商。」

「晚餐呢？」

「吃了。」

兒子只對他問的話給予簡答。他斷斷續續地要兒子不要疏忽課業、要好好吃飯、小心感冒，接著就無話可說了。

「好，有什麼事再打電話。」

他還沒說完，俊武就已經掛斷電話，結束了簡短的通話。他在即將收攤的冷清市場東張西望，然後吃了一碗湯麵，又買了三四樣配飯小菜，和兩雙舒適的拖鞋。接著，他下定了決心，走進醫院將狗抱出來。他也不懂自己為什麼突然改變了心意。

連著三天，他四處打聽這是誰家的狗。因為狗無法正常走路，所以他打算逢人就把照片拿給對方看，但他一現身，大家就起了戒心，什麼都不肯聽他說。也許是因為卡車和載有裝備的車輛整天在村裡四處挖地，才使得大家神經緊繃。

「今天我們一定要找到你的主人。」他把狗打上石膏的那隻腳包覆好，再次熟練地抱起。

砂石車發出怪聲，每次聽過時，他都必須站到馬路邊緣，後來乾脆直接沿著下方的田埂走。抬起頭，就能看到半山腰矗立著一座鐵塔。當鐵塔上半部送達，用起重機固定後，他和同事就會爬到塔上安裝發射器和天線，調整接地線和會閃爍的訊號燈。周圍會用鐵絲網圍起來，在入口廣設反射鏡後，工作就等於告一段落。

在手中的狗狗，圓圓的肚時而鼓起，時而消下，摸起來很溫暖。

他甚至去了能看得到溫室的地方。人們坐在堆成山的紙箱旁，說話聲甚至傳到了他站著的地方。四面八方依然綠油油的，但即便是對務農一竅不通的他，也能感覺得到收割期就在眼前。大家一邊吃喝，一邊熱烈地聊天，白茫茫的煙霧往上竄升，一股美味的香氣擴散到他這裡來。

他一時想起了大哥，現在大哥與大嫂一定在忙果園的工作，每年這個時候，他和海善就會到果園幫忙。有時他們會在院子角落升起炭火，大家圍坐著烤肉，問候彼此平淡的日常，度過晚餐時光。但如今這種時光似乎不復見了。自從去年秋天之後，大哥就沒有再打電話來，母親也一樣。無論是尚賢、韓秀、宗圭的太太、姪子尚昊、岳父或岳母，他都沒有花費任何心思。他不禁自責，是不是把沒空當成藉口，把許多人推到了自己看不見的地方。

「來，趕快找你們家吧，讓我瞧瞧，該往哪走好呢？」

他像是想甩掉腦中的念頭般自言自語，經過溫室，走進另一邊的窄路。高大的樹木上掛著微紅的果實，是柿子。他伸手摘下一片葉子，搔了搔狗的鼻子。

「是小松！小松、小松！」

過了很久，他才知道有人來了。直到狗狗動來動去，試圖掙脫他的懷抱時，他才轉頭看到兩個孩子站得遠遠的。小男生雖然塊頭很大，但看起來很害怕，走過來的是身形嬌小的女生。孩子大步走了過來，伸手輕撫狗幾下，甚至還用雙手摀住狗的耳朵，不知對牠說了什麼悄悄話。

「小松受傷了嗎？這是石膏嗎？」

因為眼鏡鏡片很厚，所以小女生的眼睛看起來很小。

「對，腿部有點裂傷，所以打上了石膏，是妳認識的狗嗎？」
另一側的小男生喊了小女生一聲，幾乎已經是用吼的了，但還是不敢過來。小女生比手勢要小男生等著，小男生卻一副快哭出來般喘大氣。
「喂！我要去跟媽媽告狀。快點過來！快點啦、快點！」
小女生用雙手做出喇叭狀，又不知道對狗狗竊竊私語了什麼，然後對他說：
「他明明比我大兩歲，但每次都這樣。他是我哥哥。」
孩子像個小大人般嘆了口氣，對自己的哥哥喊了一聲：「好啦！」然後抬起頭。「不過叔叔你是誰啊？牠是甘知奶奶的汪汪。牠不是狗！牠比我小兩歲，還是個寶寶。」
「那戶人家在哪裡？」
孩子舉起撫摸狗狗的手，指向某處。在他望著藍色瓦片屋頂時，孩子用小巧的指頭戳了戳他的手臂。

「不是那裡，是那一邊，那根電線桿旁邊。」

孩子指的不是電線桿，而是比那更小的電信柱。這時，站在遠處的小男生忍不住哭了起來。可能是覺得很丟臉，他朝自己的妹妹大喊一聲便逃走了。

「等我啦，等我！」小女生邊喊邊追著哥哥，身影變得越來越小，很快就看不見了。

他猜想，小男生和小女生大概是社區唯一的年輕夫婦的孩子。他曾聽說，照顧其他年邁的居民，主導靜坐示威，惹出新的事端，那些年輕人都扮演了重要角色，在現場也碰到許多次。仔細一想，小女生和總是戴著一頂大草帽跑來跑去的媽媽非常像。個子小小的，但無論何時何地、對任何人都直言不諱的態度也很像。他腦中盤旋著這些無謂的思緒，在附近徘徊了很久。雖然他打算只要有人經過，就要把那隻狗託付給對方後走人，但過了很久都沒見到半個人影。

#

大門完全敞開的家中沒有半個人在。

他將狗放在露天涼床上，決定回家時又再度折返，倚坐在涼床邊緣，因為他認為不管怎樣還是必須說明一下狗的狀態。

狗屋就在涼床下方。

他低頭看著用舊木板搭建的狗屋，以及塑膠桶中的清水。有屋簷的倉庫前晾著紅辣椒，後方則堆放著雜亂的農具和生活用品。他的目光移向塑膠長靴與刷毛的工作鞋，接著又來到多捆合抱的芝麻稻草堆與堆放在水槽的待洗衣物旁。

那個地方安靜到顯得寂寥，他稍微描繪了一下這裡的生活，想像這兒的人的日與夜，以及順應季節而不斷循環的一天作息。在毫無情緒、表情與言語的土地上，面對風、溫度與天氣，過著不必抗爭的某種和平生活。不過，在他們的生活中，也必然存在著某種他無法想像的不和諧，他們也必然公平地摟抱著某種突如其來的殘酷。

仔細想想，自己也不是沒有過機會。他也有過選擇其他工作的眾多瞬間、人生轉向的可能性，但他每次都任由它們從自己手中流逝。他暗自警告自己不要起貪念，忙著阻止自己做新的嘗試，也認為無論怎麼做都不會改變。儘管如此，他仍認為自己能夠改變一件很微小的事情。或許是因為他無法在兩種心情沸騰的期間做出選擇，才任由時光流逝了。

大門外，一輛砂石車顛簸著經過，狗狗每一次都會受到驚嚇，一個勁的吠叫。他讓狗鎮靜下來，試著將不穩的涼床移來移去了很久，總算變得平穩。他開始在涼床周圍來回踱步，因為他不想呆坐在原地，淨想些有的沒的。

他伸手去碰穿過院子的晒衣繩，調整固定繩子中央的長柱高度，尋找新的打結處，好讓繩子兩端能保持水平狀態。晒衣繩被拉得緊實，高度雖略高了一些，但變得很穩固。

「幹什麼？你是誰？」

過了很久才有人的動靜，是一位老太太，最重要的是沙啞的粗嗓聽起來很耳熟。原來她是在現場時，毫不懼怕地和警察展開肢體衝突、破口大罵的老太太。在安靜院子裡的老太太身形極為嬌小，也許是因為佝僂的背，所以更顯如此。他正要開口解釋，老人家低頭看著狗並吃驚地說：

「哎呀，小松，是小松啊。這怎麼回事？牠怎麼變成這樣？這隻腳是怎麼了？」

老太太朝涼床走來，到處撫摸狗狗打上石膏的那隻腳，舌頭發出嘖嘖聲。狗狗搖了搖尾巴，拚命想要站起來。他趕緊結結巴巴地說了來龍去脈，說自己在農田水利渠道發現受傷的狗，帶牠去了醫院，過一個月就能拆掉石膏，甚至還說了這段時間必須悉心照料狗狗，避免牠跑跳或摔下來，但這些都說完之後，他就不知道該說什麼了。

「我找你找得那麼辛苦，原來你是腳受傷了才回不了家啊，我的天啊。這年頭還會替狗這樣治療，真幸福，以前哪有這種事？要是狗崽子生了病，就任由牠病懨懨的，之後送牠上西天。現在連狗醫院都有了，我看天都要下紅雨了，你說是不是啊？」

老太太摸摸狗狗的頭，和他四目相交，令人吃驚的是，她的臉上浮現了微笑。他點點頭，轉過身，打算直接走出去。

「你在那裡等一下。欸，你等一下，一碼歸一碼，你救了差點送命的小松，怎麼可以讓你就這樣走掉，只要一下子就好。」

老太太走進屋內，提了一個小箱子出來，沾有泥沙的箱子內裝了玉米、地瓜、柿子和蘋果等。

「不知道好不好吃呢。別看它們長這樣，都是從田裡摘來的，都是很好的作物。」

「不，不用了，沒關係。」

他連連搖手推辭，猶豫不決地往後退，這時剛好有卡車經過，他和老太太的說話聲同時被抹去。老太太像是鐵了心似的將箱子放在涼床上，她的內心似乎突然起了某種變化。

「不管怎麼說，我還是得問一問。從那卡車來了之後，我心中就升起一把火，害得我消化不良，晚上也睡不著覺。好，公司又要叫你做什麼？就讓我聽聽看，下次公司又要叫你做什麼事。」

老太太指著他的胸口。這時他才發現自已身上穿了施工背心。好幾個口袋的藍色背心上頭印有黃色的公司名稱和ＬＯＧＯ。

「都懂得照顧腳受傷的狗了，沒想過自己在折磨這個村子的老人家嗎？」

見他一言不發，老太太又要他等一下，走進屋內，回來時，拿在手上的是和手掌一般小的袋子。

「花了多少錢？我是說醫藥費。」

他告訴老太太不用將這件事放在心上，這是出自真心。醫生幾乎沒有收取任何醫藥費，預防接種費用也沒超過一萬元。他說反正自己本來就要去一趟市場，一心只想趕快離開。

「不行啊，這要算清楚。」

老太太像是下定了決心，喃喃說了好幾次，並跟著他走到屋外，最後把幾張鈔票硬塞進他的背心口袋，就在他的眼前關上大門。他確認大門真的徹底關上了才轉過身。口袋裡有五張萬元的鈔票，走回員工宿舍的路上，他的心不斷往下沉，也不知道是什麼讓自己的心情這麼低落。

等來到員工宿舍前，他才領悟這心情的真面目是不快。他似乎也知道，老太太替他的善意和親切訂價格，用這麼明確的金錢支付的理由是什麼。

他沒有花掉這筆錢，一直收在皮夾裡。

#

工程進行得十分緩慢。

進入秋季後，下雨變得頻繁。即便天氣預報說下驟雨的機率很低，工作也十之八九會中斷。此外，居民仍執意妨礙工程，他們在工地入口擺陣抵抗，逢人就找碴，又找來警察，宣稱對方動手打人。如此一來，程序上還是必須接受簡單的調查，時間就這樣不斷被浪費在不必要的事情上。

進入十月前，總公司派來一名職員。看到不曾見過的人走下車，瞬間就有預感會有壞事發生。他的預感非常準。

「目前判斷不需要這麼多人力。」

他和同事仔細檢視文件內容時，職員開了口。若是問他究竟是誰作的判斷，職員一定會毫不遲疑地回答是公司，並且像在讀說明書般，不斷重複這是上頭的指示，自己沒有任何權限。

他低頭看著印在文件上的公司印章，沒有說話。

長年來，對他來說，公司近似於分享時光與回憶，具有明確實體的某樣東西。公司是他的一整天，是生活，就算說是他的人生也無妨。公司是他的朋友、同事與家人，乃至另一個自己，這樣的說法也不為過。

它是自己的一部分，也是全部。

他如大夢初醒般輕輕搖晃腦袋，覺得自己太過天真愚昧，對直到此刻仍無法徹底拋下這種想法的自己感到心寒，並且下了結論——逼得他走到這一步的人，正是自己。

「都快累死了，還要減少人手？那裝備誰要每天搬來搬去？三個人還算勉勉強強，要是再減少人手，大家都會累垮，賠上自己的一條命。誰還要工作啊？不能這樣做。」7號求情道。

「要、要把誰裁、裁掉？把、把誰？喂，不是說好了嗎？只、只要把這裡的工作完、完成，就、就會把我調回家、家附近。這是宋科長說、說的，您、您也有聽到吧？」3號輪流看著職員和他的眼睛，問道。

「現在現場幾乎沒有任何進度啊，不是連兩組都沒好好放上去嗎？有些地方已經設置了七組，甚至連收發器工程都完工了。這裡、這裡，還有這裡也都在上週完成了，如今剩下的就只有這裡、這裡，總共三個地方而已。」

職員取出了整理各區域作業進度的文件。完成的區域用藍色，作業中的區域則用紅色標示。他又拿出幾張文件。工程預期時間和費用被分成了細項，因為數字太小看不清楚，用英文書寫的專業用語也很難理解，不過倒是能一眼看出用螢光色標示的地方是七十八區。

職員一直用困惑的表情低頭盯著文件，接著像打定主意似的開口，說自己不過是員工，也不知道具體情況，只是按照公司指示做。總之，這些話他已經聽過無數遍。

「公司給予的最後期限是十月十號，如果在那之前完成，就沒有必要縮減人員。勞煩三位費心，盡快完成。」職員說完便站了起來。

他持續沉默，因為不想被情緒牽著走，衝動說出不必要的話來刺激對方。直到職員上了車，發動車子，他才走向駕駛座問道：

「已經決定好了嗎？」

「看起來是這樣。」

「假如能在十號之前完成呢？」

「能這樣當然是最好啦，這樣三位就都能高枕無憂了。」

他後來才想到，搞不好這不是通知，而是某種警告。他很確定，公司並不是在表達自己會怎麼做，而是在公司採取什麼行動前，要他們自行證明留在這裡的資格。

當天晚上，他決定停止所有懷疑。他不想把對公司的不信任、對未來的不安、不時壓住自己的擔憂與恐懼全數攬在身上。無論是什麼，他都必須相信，也想這麼相信。唯有如此，他才什麼都能做到。唯有以信任公司為前提，才有他能做的事。

幾天後的晚上，一位居民被送至加護病房。對峙結束後，他才聽說那人在呼吸阻塞、無法供應氧氣的幾分鐘內失去了意識。

那天是起重機預定進入的日子，居民先前就預告會有大規模集會。一大清早，居民就在記者和市民團體的陪同下堵住了工地入口。在村子入口處擺起陣仗，分成不同隊伍，在馬路上坐了下來。兩臺大型起重機和數輛施工卡車發動後，幾度嘗試進入，但都失敗。總公司的職員來了，公務員來了，說是市議員的人也來了，情況依然沒有改變。

他只能像其他人一樣看著天色逐漸變暗，最後他在大半夜爬上施工卡車，發動車子，踩下了油門。他只是想要輕微嚇阻居民，但打開車頭燈後，看到明亮燈光下的混亂場面，瞬間感到忍無可忍。

「您不知道卡車後頭掛著人嗎？」那天，警察向被逮捕至鎮上派出所的他問道。

「不知道。」

這種關係人調查也不是第一次了。警察輕輕敲擊桌面，和他四目相交，壓低音量。

「師傅，您真的不知道嗎？」

「真的不知道。」

口腔很刺痛，因為舌頭上冒出了許多顆口瘡。嘴巴乾澀，口臭似乎也湧了上來。他以喉嚨很乾為藉口，暫時離開座位。灌下冰水後，身體輕微發冷。住進加護病房的人剛開始說是里長，接著說是記者，最後又說是參加集會的大學生，說詞反反覆覆，但對他來說，是誰都無所謂。

「您是從幾點開始在現場的？」

「早上九點之前抵達的。」

「那麼您待了十二小時以上啊，您應該有看到居民用繩索把身體和車輛綁在一起啊，沒看到嗎？」

「沒看到。」

「當天要施什麼工？」

「用起重機將基地臺的上半部擺上去。」

「師傅您的角色是什麼？」

「我們小組是將起重機和基地臺上半部搬運到工地。」

「卡車司機不是另有他人嗎？您為什麼去開卡車？」

「因為要施工。」

「那不叫施工啊，不是嗎？」

「也不能一直等下去吧？」

「有收到總公司指示嗎？」

「沒有，我不是他們的員工。」

「您不隸屬總公司？」

「不是。」

「那為什麼那樣做？」

警察又問了幾個問題，但每次他都反覆回答不知道或不是。其中有一半是對的，一半是錯的。

「雖說是過失，但不代表沒有錯。」

調查結束起身時，警察如此說道，但他沒有回應。

這件事被大肆報導。

為與建基地臺，企業與居民起衝突。

報導多半都只以這個框架簡短概括當天的事件。直到連著幾天持續收到來自各方的電話，他才知道包含自己在內的三、四名員工個資外流了。一開始是海善打電話給他，接著韓秀、尚賢、PIP教育中心的幾個同事都致電關心。他說這種事在這裡很常見，好讓他們安心，說完後，自己也覺得很稀鬆平常、不痛不癢。

這件事以人力仲介員工的單純過失作結。

在卡車上設置登山用繩索，懸掛在這條繩索上阻止通行的居民則被處以罰緩，那個失去意識，被送至加護病房的人也一樣。這都是出自警察認定居民無故占有企業私有財產的判斷。

公司負起了道義上的責任，減免了居民的部分罰緩，也對因此事負傷的7號給予了相對應的體諒。那一天，7號為了解開居民事先綑綁的繩索，站在卡車後方，結果和一群人一起被捲進去。他並不知道7號在泥濘路上被拖行了多遠，當時又是呈現什麼姿勢。

7號被診斷為右肩骨斷裂。因為傷及神經，就算打了鋼釘，動了三、四次手術，也很難完全恢復。7號離開員工宿舍後，他才從別人口中聽到這個結果。

7號離開員工宿舍那天早上，說是他太太和弟弟的人來到員工宿舍。他站在遠處看那兩人將行李放進後車廂，攙扶7號上車。7號將頭探出車窗，和3號低聲交談，中間好像朝他那個方向看了一下，但很快的車窗就關上了，車子駛離了院子。

「大、大家都不知道自己在、在做什麼，所、所有人都是瘋子，要、要是我繼續待在這裡，也、也會變成神經病，所、所以他叫我辭、辭職。」直到載著7號的車輛完全從視線範圍消失，3號才如此說道。

他不發一語地站在水槽裡往院子噴水，接著打掃7號的房間。拍打棉被、洗車、準備遲來的晚餐時，他依然感覺不到任何情緒。

「要捲鋪蓋走人就趁早，不要拖累大家。」他對著察言觀色的3號說，將自己的物品和裝行李的手提箱搬到7號的房間。

「我、我還會繼、繼續待在這裡啊。反、反正這裡的工作也很、很快就會結束，都、都走到這一步了，為什麼要、要走？我、我一定會拚、拚命撐、撐下來。」

3號如此回答，卻在兩週後離開了員工宿舍。

那是在聽到被送進加護病房的人斷氣的消息後。即便公司解釋，老人家已超過八旬，原本就患有疾病，3號仍敵不過內心的譴責。他說自己清楚記得那老人家的臉，這一切都像是他的錯，自己不想成為殺人幫兇。後來，他決心去弔唁，三天內就收拾行囊離開了。

「不過，去弔唁一下是不是比較好？」

聽到職員的勸告後，他依然沒有去弔唁，甚至到最後都沒詢問那人的姓名。

「工程什麼時候重新開始？」他只問了這麼一句。

#

之後的幾週轉眼就過了。

居民在村子中央設置了上香處。有一段時間，許多人在那裡進進出出。無論白天或晚上，濃烈的焚香味和明亮的燈光始終停留在那裡。他每天都會走過那個地方，即便是不需要上工的日子，也會像在做自我訓練般，從員工宿舍走到工地。

守在上香處的目光一路緊緊跟隨，有時會衝著他說出侮辱和不快的話，其中也有一輩子都忘不了的字眼，他都沉默以對。也曾有過好像有什麼要爆發的驚險瞬間，但只要做幾次深呼吸，一切就會變得不痛不癢。沉默逐漸擴大，失去了控制，彷彿徹底吞噬了自己身上最後的人性。

「我做不下去了。」

被派來的新人都撐不了一個月，雖然剛開始幾天都充滿幹勁，但和村裡的人對峙幾次，熟悉彼此的臉也說過話後，都明顯出現了遲疑不決的神色。

「既然這樣，當初幹麼來？」

哪怕只是一丁點反應，他也會如機關槍般不停數落、訓斥，令對方不知所措。有人才待一、兩天就打包離開，也有人撐了半個月。

有一次，某人問他：「您知道外面的人說什麼嗎？」

他回嘴，假如在意這種事，自己就不可能在這裡待這麼久。

無論是什麼，都無法在他心中留下明顯的痕跡。他覺得重要的事物已蕩然無存，不知道從何時開始，他偏執地看自己能走到哪一步。這是他的選擇，想到這裡，他才覺得自己準備好要工作了。

十一月快結束時，韓秀跑來找他。

這時，他已是孤伶伶的一個人。公司與居民發生衝突，有人死了，居民設置的上香處連著幾天成了話題。選舉在即，郡廳相關人士和三、四個政治人物爭先恐後地來上香，作業也因此再次中斷。

「喂，我說要來員工宿舍看你，結果大家都用要殺人的眼神瞪我。大家的眼神也太嚇人了，你到底在這種地方做什麼啊？」韓秀從後車廂拿出帶來的東西，喃喃說道。

兩人將韓秀帶來的食物放在中間，面對面坐著。燙熟的肉片、蔬菜，以及韓秀太太準備的小菜，令人食指大動，咬下一片又大又柔嫩的香菇，頓時散發出濃郁的香氣。

「尚賢要上班不能來，他最近也被公司盯上了，大家都發了瘋似的想挑毛病，可真麻煩啊。」韓秀再次披上稍早前脫下的外套，「你有沒有按時吃飯啊？海善看到你一定會嚇到。話說回來，這裡幾乎沒有暖氣耶，冬天一定很冷，沒關係嗎？」

有好一段時間，他只是靜靜聽韓秀說話。韓秀吐露不久前和尚賢一起見了宗圭太太。話題轉向衰退的經濟和沉寂的不動產市場，接著韓秀說自己從幾個月前開始學習養蜂。過了五點，天黑了，微醺的感覺逐漸湧上，這時他才有說點什麼的勇氣。他興致高昂地說起這裡的空氣有多清淨，逐一點名夏天時種植在菜園的作物，喃喃說著在這種地方蓋個房子住好像也不賴。

他喋喋不休地胡亂說了一通。為了不說出自己在這裡的工作，以及圍繞著它、完全不能稱為工作的那些事情的真面目，所以拚命尋找其他話題。

「那以後就來這裡蓋棟房子住吧。要是有人說要蓋什麼電塔，你就出去示威。你現在已經是專家了啊。」

韓秀準確無誤地維持了他想要的距離，沒有提出露骨的問題，給予他忠告。這令他羞愧，他非常清楚韓秀在自己的沉默背後看到了什麼。

韓秀在員工宿舍住了一晚。

隔天早上，兩人倚坐在寒氣尚未褪去的廳堂，分享一杯即溶咖啡。咖啡很快就涼了，原先摸起來很燙的杯子，轉眼就變成溫的。

「宗圭他啊，辦完葬禮後，財產就被假扣押。還不是公司提出了賠償訴訟。弟妹哭著打電話來，說連唯一的房子都要被搶走了，但我又有什麼辦法。」

他只簡單地點了點頭。

他也接到好幾通宗圭太太的電話。五十九億，公司針對八名工會成員求償五十九億。就算按人頭下去分，金額也難以想像。他別過頭，看見遠處半山腰標示施工現場的紅色旗幟隨風飄揚。鑽地基、打鋼筋的工程結束，灌入混凝土的作業也在收尾階段。換句話說，等第三座電塔也蓋好，這裡的工作就告一段落。在水槽附近徘徊的韓秀來到他身旁，像是在慎選用詞般盯著地面。韓秀的登山鞋斷斷續續地發出踩踏泥土的聲音。

「沒有哪裡不舒服吧？要好好保重身體。」

「嗯，開車小心。」

韓秀似乎死了心似的坐上車，發動車子，接著搖下車窗，很為難地補上一句。

「海善打了幾次電話來，問我有沒有適合你的工作。趕快把這裡的工作整理一下吧，年紀一把了，還和一群老人家爭來爭去，是在幹什麼？你也要替俊武著想啊，以後他會明白你的苦衷嗎？再這麼下去，你真的會撐不住。我會去替你打聽一下工作。」

「嗯。」最終他不置可否地點了頭。

雖然知道韓秀對自己產生了什麼誤解，但他再也不覺得有什麼解釋的必要。自己每天是帶著何種心情，面對連實際形體都沒有的公司，這種事情他從未期待能與誰分享，也不曾想過這種查看自己的底線，並且每天更新它的抗爭會獲得誰的理解。

但他在等待。

他想看看自己能做這份工作到什麼時候，最後會走到哪裡，在那個盡頭又有什塵，彷彿唯有抵達那裡，才能拋棄一切莫名的執念和奇怪的好勝心。他一直站在院子入口，直到看不見韓秀的車為止。

#

他又在那個地方多待了一年。

開始感受到酷熱的氣息時，他才詫異地撕去春季的月曆，後來反應又慢了半拍，直到迎接秋天到來，才又撕去夏季的月曆。一天漫長的可怕，某天驀然回首，才發現瞬間已過了一個月、兩個月。這段時間內，先是蓋了兩座電塔，又再蓋了一座，最後總共完成了五座。

深夜裡，鐵塔頂端的紅燈閃爍，他經常在漫不經心地抬頭時，目光彷彿被迷惑般吸了過去。這時，他就會不自覺地想像它們龐大的身軀與重量踩踏在什麼上頭——想像鋪在鐵塔下方那些看不見的東西是什麼。有時，它們彷彿藏身於黑暗的猛獸，始終不睡覺，注視著他。要是豎起耳朵，就會聽到低沉粗獷的呼吸聲，彷彿下一秒就會起身飛撲過來。

每次仰望電塔以一個巴掌、兩個巴掌的高度長高，最後矗立在地面上，一股無以名狀的焦躁感就會湧上心頭。它以恐懼的形式擴散，很快就有了龐大的身軀。他完全找不到自己親手打造及完成什麼的驕傲感，唯有自己打造出可怖之物的體悟，與這裡的工作正逐漸走向尾聲的不安感互相衝突，使他夜不成眠。

那是他一手打造的實體。

撤掉上香處，舉辦完葬禮，居民依然持續抗爭，但村民的意見分歧，部分居民不再參與示威，示威規模不復以往。他也好幾次目擊先前在現場倚靠彼此的身體與體溫、堅持不肯放棄的人分成不同派系，拉高嗓門衝著彼此指指點點。張貼於活動中心前的大型布條，原本幾乎淹沒社區入口的木牌也開始撤除。

儘管如此，有幾個居民仍一如往常，偶爾會守在員工宿舍周圍徹夜咒罵與抱怨。他鎖上房門，躺在房間中央，聽見他們所有的話。有時，他會坐進車子，悄悄關上門，等到大家回去為止。若是不得不面對居民時，也只會靜靜地看著他們咄咄逼人地表達憤怒。

「你到底是做什麼的？公司的小嘍囉嗎？還是狗？你知道什麼是思考嗎？去叫其他人來。」

要是有人說要找其他人，他就會把老舊的員工宿舍整個打開。雖然3號和7號離開員工宿舍後曾來過四、五個人，但留到最後的只有他一個。

他是唯一隸屬七十八區一組的人。

某個預告會有強烈寒流來襲的早晨，他正好人在工地。

那是第六座電塔主體抵達的日子，起重機正在施工，抬起龐大的鋼筋，插入地基。鑿了洞的地基內風化成漩渦狀，發出類似吹口哨的聲音。天氣非常晴朗，雲朵和天空形成鮮明對比，抬頭就能看到掛在起重機上的鐵塔緩緩移動著，就好像從雲朵中釣起了一個巨大的影子。他抓住綁著鋼筋的繩索，將重心往下拉到地面。鋼筋被緩緩推入地底下，自己站立的位置輕微晃了一下。

他用戴棉手套的手仔細確認固定於地面的四根鐵柱，接著重新開始進行將巨大鐵塔層層加高的工程。接下來是必須親自爬上去才能完成的工作了。

他和兩名派遣員工率先爬上鐵塔。

戴上安全帽、口罩和護目鏡，穿上作業鞋後，將必要的工具綁在腰帶上。每爬上一格，風勢就更加猛烈，每次吸氣，就會灌入冰凍的空氣。鼻腔內很刺痛，皮膚也像要撕裂般，閉上眼睛，眼球甚至可以直接感受到眼皮的冰涼。他把掛在腰際的安全繩與建物接在一起，找到平坦的接口處後，開始將和前臂一樣長的螺栓插進去。移動大型扳手，抓住螺帽時，口中都會吐出白色霧氣。

每次轉換方向時，都能看到下方顯得很迷你的仰望人群。他的目光沿著每天都會走的狹小山路移動，看見因寒冷而瑟縮的村莊樣貌，以及一路延伸到員工宿舍入口的路障。無論是什麼，都是在他爬上這裡前看不見的。

他壓低身體，加重握扳手的力道。把全身的重量放在嵌著螺帽的扳手上，使勁拉拽。受到拉扯的肩膀和腰部肌肉變得很緊繃，一股熟悉的疼痛感甦醒了。這時，體內還存留的這種力量彷彿成了某種慰藉，能讓他明確知道自己站在哪裡，又在做什麼。

就這麼過了幾天。

「七十八區的工程，最晚會在下星期設置好第六座，這個月內會撤離工地。」

工作結束的某天下午，工頭說明了剩下的日程，接著那天他接到了俊武的電話。那是傍晚時分，他正在院子的角落，將雜物與平時不用的物品收在同一處，接著放進後車廂。是誰什麼時候沒帶走的，不知用途的物品源源不絕地冒出來。他一邊翻找有裂痕的安全帽、生鏽的輪胎、輪子、損壞的手提燈、雨衣和被丟棄的背包等，一邊接聽電話。

「爸，我上榜了。」

他滿腦子想著撤離工地前必須與人事負責人見面，還要得到明確的答覆，所以一時沒聽懂俊武在說什麼。在這之前，他已經收到公司多次回覆，說這裡的工程進度比預期延宕得更久，就算復職，也不像現在能給予長期保障。明知這是委婉拒絕的說法，他仍多次聯繫人事負責人。儘管如此，他也不知道自己能要求什麼，又能怎麼做。他想，已經無能為力了，而每一次，他都覺得自己是否已經走到了這場漫長抗爭的盡頭。

「我聽不清楚，你說什麼？」

他做了一次深呼吸，心臟卻沒來由的狂跳不止。孩子猶豫了一下，再次提高音量。

「我說我上榜了，剛才收到消息了。」

雖然聲音很冷靜，但聽得出來孩子非常用力壓抑自己的興奮之情。喜悅、詫異、悸動與興奮很快就傳到了他身上，他滿臉通紅地對俊武說了聲恭喜，接著就整個人呆住了，不知道該說什麼，最後才又重複說相同的話。他覺得彷彿有人將他一下子舉到空中左搖右晃。

「你要告訴爸爸是什麼科系啊，說是考上動物資源系。俊武的爸，你有在聽嗎？俊武，你也趕快打電話給爺爺、奶奶，知道嗎？」海善在話筒另一端的聲音忽隱忽現。

「太棒了，太棒了。」

儘管不是眾所皆知的名校，但他曾聽海善說，這是以俊武的實力能考上的最好的學校。他為孩子能考上心目中的理想學校感到驕傲。簡短但強烈的通話就這麼結束了，而令心臟劇烈跳動、令血液快速流動的喜悅也突然畫上句點。

#

又過了幾天，他依然沒見到人事負責人。連著兩天下大雪，而且預告會有寒流，所以人事負責人把天氣當成擋箭牌，將約定一拖再拖。

某天晚上，他用防寒衣武裝全身上下，帶著工具箱出門。白天紛飛的大雪已經停歇，員工休息的帳篷空無一人，大家似乎都為了避寒而暫時離開了崗位。

他穿越天寒地凍的黑暗，開始往工地走。在夏季彷彿要因噪音和熱氣而炸裂的狹小山路顯得很靜謐。一打開手提燈，凋零樹枝的影子鮮明起來，也能清楚看到原本在路旁的脆弱樹木，在人類的踐踏和破壞下而倒向外側死去。

路面變得狹窄而陡峭。

我到底為什麼來這裡？

他忍不住心想。

再過幾星期，就要把存款拿去支付兒子的大學學費了。春天要支付學費，還必須籌措住宿費和生活費。不，也許他擔憂的並不是這些。他不禁懊悔，從一開始就不該展開這場極其漫長的抗爭，也自責應該將這漫長的時間和努力投注在其他事情，而不是這種有勇無謀的抵抗上。打從一開始，自己就不是能夠承擔這場抗爭的人，自己一直在做的，不過是無止境地推遲這場勝負已定的對抗，拖延認輸的時間點罷了。

有必要做到這一步嗎？

摸黑走上山路時，他想起自己的孩子。幾年後，俊武也會找到屬於自己的工作，也就是說，他會發現某件不由自主被吸引的事情。還有，當那真正成為一份工作的瞬間，他將瞭解生活會因此出現多大的變化。為了持續做這份工作，他會做著不希望也不想要的事，並領悟到自己徹底變成了什麼樣的人。

遠處的基地臺露出了身影。

他暫時停下腳步，抬頭仰望那個無法揣測高度與寬度的物體。以鋼鐵武裝自己，單憑他的力量絕對無法毀損或破壞的龐大建物，正俯視著他。人們口中那個藏匿的公司，彷彿總算露出了它的實際形體。

「好啊，原來就是你啊。」他一邊自言自語，一邊走到高聳基地臺的正下方。

他在那裡調整插放在安全帽上的手提燈位置，繫上工具腰帶，開始爬上固定於基地臺牆面的梯子。每次伸出手臂，都能清楚感覺電波來來去去所造成的觸電感，觸及火花後，覆在鐵製建築上的薄冰閃閃發亮，當工具細長長的把手敲擊鐵塔時，就會發出清脆的聲響。

長久以來，他深信這種身體的艱辛疲勞感，信賴肉體受到鍛鍊並逐漸熟悉的時間。因為他相信，這些時間才能將某種事變成自己的工作。他為自己工作的期間變得更像個人而感到驕傲，這種驕傲又包含了對公司一路以來一同成長的與感激。

因此，對他而言，公司近似必須長久存活的某種實體。

最後，他來到靠近鐵塔頂端的位置。疏落的建物間，夜晚徹底敞開著，他往下俯瞰置身黑暗、能用單手握住的迷你村莊良久，每次眨眼，冷風就會吹襲而來。他扣上安全帶扣環，將身體重心往後傾，然後取出扳手。

一個一個慢慢來。

固定於建物兩側尾端的螺栓和螺帽各有六個，他打算將它們全數拆下。被鎖得牢實的螺帽一動也不動，肯定是咬合的部分結凍了。他取出鐵槌，使勁往下敲擊接口處。鏘、鏘、鏘的聲響傳到非常遙遠的地方。他將扳手嵌住螺帽上方，左右轉動，使勁往上推。他將全身重量放在握住扳手的那隻手上，使盡全力。

他就像將一切賭在一根小螺絲釘上的人。

過了許久，原本文風不動的螺帽發出「嗒」一聲，開始轉動。他拆解了一個又一個螺帽。過了片刻，原本平穩懸掛的巨大鐵塔一側垂了下來，左右搖晃得很厲害，他等待晃動停止，接著慢慢移動至另一邊。要戰勝可能墜落的恐懼還要移動步伐並不容易，儘管如此，一切是如此清晰明白，甚至感到神清氣爽。

解開第十二個螺帽，也就是最後一個時，鐵塔已經徹底分離，開始往下墜落。他緊貼著支架站立，腳下是無法得知高度的黑暗。在黑暗中能感覺到鐵塔正以加速度往下墜落。每次敲打筆直矗立的電塔，就會發出鏗鏘的聲響，這時整座塔就會險象環生地晃動。

過了很久，鐵塔墜落地面的轟隆聲響才從下方直衝而上。

這一刻，他心想，搞不好用這種方法，就能一直繼續做這份工作。他盤算著，靠著弄倒自己蓋好的東西——真的是用這種方法——這份工作就能長長久久做下去了。

作家的話

幾年前曾採訪過電信業者的工會。

採訪二字聽起來很正式，但我就只是聆聽他們訴說故事，短暫地從遠處觀看他們的生活。

當時我並不曉得自己會寫下什麼樣的小說，能不能寫得出來。

我不禁想，或許這部小說是與他們毫無關聯的故事。

可以說它是關於工作的故事，或勞動者的故事，但我覺得，說它是關於填滿兩者之間的某種無形物體，也許更貼切。

創作小說的期間，我經常思索寫作如何改變我，又會改變我多少。

我想特別向一直等待我的書稿，一同讀稿、絞盡腦汁的金俊燮編輯致謝，也要向替我寫推薦詞的恩宥老師、出版這本小說的韓民族日報出版社表達深摯的謝意。

此外，雖然遲了一些，我也要在此感謝李海官老師和宋峰徹老師，為等於是異鄉人的我欣然撥冗。

導讀／被工作拋入荒涼絕境，承受世界拳頭的連續重擊

盧郁佳（作家）

總想做個好人，抬頭挺胸，行事為人讓人尊敬。所以不管落入怎樣的劣境，都相信靠自己努力去改變命運。相信人肯做絕不會沒飯吃。要是好手好腳卻沒錢，肯定是心態出了問題。上世紀經濟起飛的榮景，給人們銘印了「自律勤奮等於財務安全」的常識，所以如今高失業的殘酷現實違反信念時，人會對現實視而不見，只求自己跟上贏家的競爭力。

而把這種信念從一個人身上徹底剝奪的過程，就像把皮膚一點一點剝掉，看看在剝光前，他能活多久。

從工作感覺自己的「有用」，公司卻將你歸類「無用」

《關於女兒》、《中央站》的作者——南韓作家金惠珍，總讓讀者像困在主角體內般，真實承受世界拳頭的連續重擊。最新作品《9號的工作》，男主角在電信公司做了二十六年，公司從搖搖欲墜的小公司茁壯成大企業，他也從艱苦工作中感受到與公司一同成長的自豪，感到自己是個有用的人。歲月累積的是充實感，像壓艙石，沉甸甸穩住了他安渡風浪。

忽然，開頭在一波波裁員當中，主管第三次勸他辭職。公司把施壓包裝成培訓，暗示是因為他工作做不好，才要他走。打的如意算盤是，如果三言兩語能順利摧毀員工自尊，就可以省掉資遣費。但是，主管撒謊剝奪了員工的自信，員工失業後要拿什麼面對後續的求職挑戰？顯然這家公司因為該付的錢不爽付，不惜毀掉員工今後的人生。主管面談遊說，表面上親切隨和，實際上心機卑鄙。

而男主角是怎樣的人？在他眼中，岳父母並肩走過艱辛歲月、養大兩個女兒，身上絲毫不見頑強兇狠之氣，只留下勤奮、謙遜、禮儀、感恩。這話也適用於他。他溫柔細膩，開車載坐輪椅的岳父回診，將岳父抬進後座，輪椅疊進後車廂，替看起來很不舒服的岳父調整好幾次姿勢，自己已汗流浹背。岳母直嫌岳父生病添麻煩，其實是拐彎抹角向女婿賠不是。男主角雙手握方向盤重重吐氣後，想到怕岳父母誤會女婿是在嫌棄他們。這段寫活了兩邊的小心見外，翁婿都習慣付出，害怕接受。

繼續開車被騎機車的外送員撞了，男主角下車，看高中生模樣的小伙子爬起身一臉茫然。他怕車上的岳父母擔心，放棄追究，默默塞給小伙子十萬韓元解危。並力勸他去看醫生，免得落下舊傷醫不好。這是窮人對窮人的體恤。

工作與勞動者沉默的對話，照見自我存在價值

窮，意謂被迫拿健康換錢。上司對男主角好話說盡、壞事做絕；男主角與其空言勸慰外送員，不如給錢。公司卑鄙在省錢，男主角善良在默默塞錢給人。他在醫院付了岳父膝蓋手術的錢；堅持媽媽住的老屋要修理，他每個月付工程費；太太病了不看醫生，就怕花錢，他堅持手術。這表示一旦錢付不出來，他這份善良就無以為繼。媽媽不知道男主角多慘，理直氣壯拗他贊助姪子買房。拒付，就怕像個不孝子。財務危機足以瓦解原本的人格，令人頓失所依。

不同的人們輪流啃蝕他的好，把他的善意壓在地上輾磨。其實他什麼也不求，無論到哪裡，只想跟人和諧相處，替自己多餘的存在，乞求對方諒解。但本書光是以廚房流理臺為舞臺，就寫盡男主角的進退失據。

一開始他被調到荒郊野嶺，宿舍老鳥煮蔥花泡麵邀他吃，他等大家都盛完才盛一勺，小心翼翼怕討人厭。後來調到別處，男主角也學著請同事吃東西。但再怎麼

小心都適得其反，因為環境壓力已掏空了同事。愛不只被上班用完了，還欠債。他剛受困，會向人取暖。但同事受困久了，只會厭惡別人的善意，像是說「你遲早也會擺臭臉，走著瞧」。

要是公司好，工作能得到薪水或感謝回報，男主角就會覺得自己是個好人。要是努力了，同事和客戶反而更討厭你，薪水更少，職位更難保，男主角就會覺得自己總是做得不夠好。工作是鏡子，不斷和勞動者沉默對話，讓人照見自己的存在有沒有價值。小說把「工作作為身體」那無底的疲憊挫敗，寫到了深處。

弱弱相殘，使大多數人被制度所傷

本書有韓片《寄生上流》社會主義者的傲骨。電影中的貧民窟一家人，靠欺騙有錢人保住工作。窮先生良心不安，誇讚富太太善良，窮太太反駁：「要是我有錢，我也善良。」貧窮的難處在於道德選擇無法自主，做好人活不下去。窮先生躲在太太背後，靠太太擋披薩女店長、富家女傭等外界攻擊。他的攻擊性藏在地下室幽暗深處沉睡，等待爆發，毀滅一切。

電影無暇鋪陳「窮人被迫從溫馴善良，落入冷漠攻擊」，僅以符號遙指，像草圖。《9號的工作》則拳拳到肉，寫實刻劃轉變。善良意謂徹底消除攻擊性，一路挨打；攻擊則是在長期困境後，奪回自主權的本能衝動。小說把人剝皮探底，顯露了這內層。

本書也有韓劇《我的大叔》詩人的愁緒低迴，劇中窮人犯罪的滄桑感撲面而來：孤女積欠老人院費用，只好趁夜把奶奶偷回家，拜託朋友每天來兩次扶奶奶上廁所。公司主管善良大叔不知道太太偷吃他的上司，姦夫還設局假行賄，陷害讓公司開除他。孤女為還高利貸，偷了賄款，害大叔有冤難伸。大叔被被轟出公司，門外天還很亮，寒冬滿街上班族黑大衣疾行，只有他無處可去。他站在陽光裡，反覆點菸卻點不著，才發現打火機沒油。耳邊響起失業老哥的告誡：「你一定要想辦法在公司待下去。要是被開除，就會變得像我一樣」。

《9號的工作》瀰漫著這股喪家之犬的愁慘、心慌、摧折，還沒失業，比失業更怕。但小說中連邪惡反派都沒有，善良的窮人弱弱相殘，沒誰可恨，只是踩進被人洩恨的位置。乍看是因為什麼事得罪誰；退一步看，都是制度，一視同仁地傷害多數。

剝奪去愛與被愛的能力，將使人徹底地孤立

《我的大叔》裡，收垃圾的老人暗助孤女，孤女保護大叔；《9號的工作》裡，眾人連一個柔情的理解眼神都得不到。男主角最終成了編號「9號」，看待周圍人也不再是人，而是「3號」、「7號」。觀眾以為《我的大叔》酸澀已到頂；看《9號的工作》才會領悟，那仍是華麗浪漫的糖衣，情節能再往現實裡掏挖，去嘗嘗內臟滲出的苦血。

是不是這膽汁、胃酸，經年累月把網民浸泡成酸民？

善良，既是美，令人感動，滋生喜愛；也是去愛別人，體貼別人。剝奪善良，意謂剝奪去愛與被愛，徹底切斷所有關係，孤立一個人。男主角被工作拋進荒涼失溫的絕境，使他最後殘餘的一星自主的燭火，都成了燎原大火。

他在通訊公司上班，通訊象徵把人與人連起來，在欲望、怨恨、失落攪動中翻湧。而當每個人失去了尋求別人的最後可能，全網斷訊，便是這世界的真相。

臺灣共鳴讚譽

走入漩渦，每一步都會覺得自己往前了，回頭看過去才知道是在小圈圈裡面打轉，這就是工人階級的世界。

《9號的工作》是一本掙扎之書，身為工人的我，實實在在感受到身不由己、越陷越深。每一次奮力想往上爬，到頭來才發現不過是讓自己更加難以自拔。跟著9號，想想自己，也許這世界就是一個牢籠，而我們距離牢籠，太近太近。感同身受，也在故事裡面越陷越深。

——敷米漿（姜泰宇）／作家

韓國讀者好評

#引人深入探問「工作為何物」的傑作！

#令人哀傷，這是我的故事，也是身邊的人的故事。

#沉鬱，卻引發諸多思考的小說。

#高度呼應現實，彷彿我就是主角本人，一口氣讀到了最後。

#這可能是以9號以外的匿名存在的、你我的故事。

#公司的政策隨著時代改變，一名員工卻無法因應變化，奮力掙扎。為了薪水、為了能繼續工作，他成了一個讓自己感到陌生的人。而我，正逐漸變成什麼樣的人？

#我們都是被不知名的惡魔操控的犧牲者。我無法批判主角，只想痛批那個橫行霸道的公司。更想對主角說一句溫暖的話──「往後，請您要幸福。」

9號的工作／金惠珍（김혜진）著. 簡郁璇 譯. -- 初版. – 臺北市：時報文化，2021.8；面；14.8×21公分. --（Story；041）
譯自：9번의 일

ISBN 978-957-13-9145-8（平裝）

862.57　　110009561

ISBN 978-957-13-9145-8
Printed in Taiwan.

※本書獲得韓國文學翻譯院（LTI Korea）之出版補助。
This book is published with the support of the
Literature Translation Institute of Korea (LTI Korea).

Story 041

9號的工作

9번의 일

作者　金惠珍｜**譯者**　簡郁璇｜**主編**　陳信宏｜**副主編**　尹蘊雯｜**執行企劃**　吳美瑤｜**封面設計**　吳佳璘｜**編輯總監**　蘇清霖｜**董事長**　趙政岷｜**出版者**　時報文化出版企業股份有限公司　108019台北市和平西路三段240號3樓　發行專線—(02)2306-6842　讀者服務專線—0800-231-705．(02)2304-7103　讀者服務傳真—(02)2304-6858　郵撥—19344724時報文化出版公司　信箱—10899臺北華江橋郵局第99信箱　時報悅讀網—www.readingtimes.com.tw　電子郵件信箱—newlife@readingtimes.com.tw　時報出版愛讀者—www.facebook.com/readingtimes.2｜**法律顧問**　理律法律事務所　陳長文律師、李念祖律師｜**印刷**　紘億印刷有限公司｜**初版一刷**　2021年8月6日｜定價　新台幣390元｜（缺頁或破損的書，請寄回更換）

時報文化出版公司成立於1975年，1999年股票上櫃公開發行，2008年脫離中時集團非屬旺中，以「尊重智慧與創意的文化事業」為信念。